# 家族は円陣を組んだ

川森知子
KAWAMORI Tomoko

文芸社

# 目次

## （一）癌の疑い

いつか重い病気になるかもしれない。極力、リスクは避けていた。酒、煙草、運動不足など。ただ、生活が忙し過ぎたから、心の底に不安はあった。『癌』だけはご免だと思っていたが、その『癌』に罹ってしまった。前年の秋頃から、食欲不振と体力の低下が著しかったので、家族の勧めもあって、近所の医院に行った。血液検査やエコー検査を受けた。リンパ節が二個腫れていることが判明した。

「紹介状を書くから、大学病院に行ってね」

K先生は、日曜日に紹介状を書いてくださった。紹介状には恐らく『悪性リンパ腫の疑い』と書かれていたのであろう。

三月一日、一人で大学病院に行った。四男が付き添いを申し出てくれたが、断った。

「とにかく、行ってみるよ」

病院は混んでいたから、血液内科の待合室で長い時間坐っていた。やっと呼ばれて、診察を受けたのだが、若い先生は首を傾げた。ＣＴ検査を受けるよう、おっしゃった。初めて、ＣＴ検査というものを受け、戻った。待合室は空き始めていた。再び呼ばれた。

「消化管外科に行ってください。分かるひとがいますから。三階です」

若い先生はおっしゃった。『悪性リンパ種』ではなかったのだ。わたしは『胃癌』を疑った。胃の周囲が重苦しかった。もう夕方になっていた。消化管外科では、まず、コロナウイルスの抗原検査を受けた。問題はなかった。若くて背の高いＳ先生に勧められて、椅子に坐った。Ｓ先生はパソコンの画面を見ながらおっしゃった。少しきつい声だった。

「ご家族を呼んでください」

家が近くなので、電話をすると、夫はすぐに来た。わたしの帰りが遅いと思っていたのかもしれない。わたしの隣に、夫は坐った。

「横行結腸癌です。リンパ節に転移しています。食道に浸潤している可能性があります」

（一）癌の疑い

『癌』と言われても怯まなかった。覚悟して来ていたからだ。突然、告げられたら、驚いたかもしれない。S先生は早口になられた。

「このまま入院してください。検査をしなければなりませんから」

「入院は出来ません」

わたしは即座に断った。家のことが心配だった。夫は酒を飲んで料理をすると、時々火を消し忘れる。豚汁の入った鍋の火を付けたまま、近くのスーパーに行ったことがあった。足りない物を買うためだった。

「勇気があるのねえ」

わたしは怒りを通り越して呆れた。風の強い日などに、夫がわかさぎのフライや野菜の天ぷらを揚げる時など、心配でならなかった。洗濯物を畳みながら、次の部屋で待機している。わたしは正直にそのことを話した。近くで控えていたベテランらしい女の看護師さんがおっしゃった。重々しい口調だった。

「揚げ物はスーパーで買えばいいんです」

「猫を飼っているので、外来に通うのでは駄目なんでしょうか？　家は近いんです」

「入院して検査をした方がいいですよ」

食い下がったが、S先生は頑として譲らなかった。あの最初の日のことを、S先生は覚えていらっしゃった。後日、外来でわたしに尋ねられた。マスクで見えなかったが、S先生は笑っていらっしゃったと思う。

「猫は元気ですか？」

「はい、元気です」

わたしも笑いながら答えた。

タオル一枚持って来ていなかったが、六階の病室に入った。夫は帰って行ったが、それ程深刻には受け止めていなかったように見えた。『悪性ではなく、良性かもしれない』そう楽観したのだと思った。『困ったなあ』病気のことより、家のことが心配だった。ベッドの上に坐って携帯電話を掛け、町内の班長の仕事をひと月分、他の方に代わって頂いた。

三月一日から三十日まで入院していた。そのひと月ぐらい前、わたしは台所の床に蹲っていた。朝、寝床から起き出したのだが、何も出来なかった。なかなか立ち上がれないのだ。どうした？　と夫は訊いたが、そのまま早朝のウォーキングに出掛けて行った。夫は冷淡な男ではないと思う。幼少の頃から頑健だったから『身体の具合の悪さ』というものが理解出来ないのだ。痛風になったことはあるが、風邪ひとつ引かなかった。だから、何でも軽いだろう、と思ってしまう。

家では、食欲のないわたしは、カロリーメイトで命をつないでいたが、病院では、高濃度の栄養剤の点滴を四六時中受けた。体重が二、三キロ増えた。病室の北側の窓から、赤城山が見えた。春の南風が吹いて霞むこともある。稜線がくっきりと見える日もあった。同室の方は、初めは一人だったが、次々と入れ替わった。どの方にも親切にして頂いた。

## （二）五十年前のあの日、あの光

二月末のある日の午後、風はまだ冷たかった。コンクリートの堤防に坐って、わたしは少年と利根川の川面を眺めていた。目の大きな少年は、今の夫である。予備校の講習で見知った。二人とも東京の大学に合格していた。

春の訪れには、まだ何日か早く、堤防の周囲の雑草は、枯れたまま風に揺らいでいた。が、樹々から、新芽が一斉に芽吹く予感がしていた。冬でも春でもない季節。無口な少年は、ほとんど喋らない。傾いた日の光が、川の水に反射するのをただ眺めていた。目を射る光の欠けらが小さな波となって流れて行く。また新しく光の波が出来る。その繰り返しが、だるい気持ちにさせた。わたしは立ち上がった。コートの裾の枯草をそっと払った。

「わたし、帰るから」

少年も立ち上がって、わたしのベージュ色のコートの左肩を片手で抱いた。

「日向の匂いがする」

少年は低い声で言った。わたしの頭は、少年の肩先にしか届かない。日向にいたから、わたしの髪の毛は日向の匂いがしたのだ。わたしは今でも覚えているが、言った本人は忘れているだろう。しかし、とても意味のある言葉だったと思う。何故なら、いつも、わたしは日のある方向を向いて生きて来た。『日向』とは、『恵まれた楽な世界』ではない。『何とか生きようと行動を起こす世界』だった。どちらかと言うと、困難な方。しなくてもいい苦労をすることになる。『それなら、やってやろうじゃあないか』と思ってしまうわたしは愚直だった。学生結婚をしたのも、それが遠因かもしれない。自分で選んだことでも、うまくいかないことがある。そのような時、選んだのは自分だから、ひとのせいにするわけにはいかない。弱音を吐くことも、簡単にへこたれることも出来ない。辛くても苦しくても、泣くことは意地でも出来ない。ひとは、わたしのことを『強い』と言う。それは誤解である。しなくていい苦労を自分で選んだのだから、仕様がないのだ。苦しい、辛い、と言わないわたしを、ひとは『苦労したことなんて、ないでしょ』と言う。それも誤解である。苦労自慢なんてしない方がいい。

駅までのケヤキ通りを、少年と並んで歩いた。まだ建て替えられる前の旧駅舎の改札口で別れた。少年は隣の市まで電車で帰った。わたしはバスに乗って、川原近くの家まで帰った。わざわざ駅まで歩いたのである。

わたしは近眼だったから、予備校で一番前の席に坐った。ふと横を見ると、三つ横の少年と目が合った。そんなことが二、三回あった。単なる偶然だと思っていた。その少年に関心がなかった。わたしは、十五歳の時失恋していたので、少年たちを愛そうなどとは思わなかった。『会いたい』旨の手紙を貰った。初め、手紙の主が同じ名字の別の少年と間違ったぐらい、軽い気持ちで読んだ。友達感覚で待ち合わせ場所に行った。喫茶店でコーヒーでも飲んで、受験情報や本のことなどを話すのかと思った。少年は真面目だと思った。好感は持った。『いい男友達でいてくれたら』と期待した。その時は、少年が並外れて頑固だとは見抜けなかった。その『頑固さ』と五十年も拘《かかわ》ることになるとは、到底予想が付かなかった。人生は、生きてみないと分からない。出たとこ勝負だった。

## （三）二回目の円陣

治療に関する説明の後、検査が続いた。MRI、レントゲン、内視鏡、エコー、CTなど。採血検査は度々あった。一通り済んで、診断が確定した。家族に連絡するよう、求められた。コロナ禍で面会は禁止だったが、必要な時は呼ばれるのだ。夫と四男がやって来た。夫は『面会許可証』を首からぶら下げていた。軽症なら呼ばれることはないであろう。S先生の初めの診断の通りであった。『疑い』ではなく『確定』であった。やはり、癌であった。わたしは妙に乾いた気持ちでS先生の説明を聞いていた。パソコンの画面も見た。「ステージⅢです。癌も大きいです。栄養状態と年齢を考えると、抗癌剤の投与や手術に耐えられるか、心配です」

S先生は、事実を隠さず告げたが、わたしはある種の優しさを感じ取った。増殖し肥大した癌細胞は筋子に似ていた。

「年季が入ってますね」

わたしは思わず口走ってしまった。猫たちは飼っても、身体の中にこんな異物は飼いたくないと思った。厄介なことになった。

部屋を出て、何気なく夫を見上げると、大きな両目が真っ赤になっていることに気付いた。夫は、今にも泣き出しそうだった。夫が泣いているのを、わたしは一度も見たことがなかった。自分の母親が亡くなった夜も、夫は泣かなかった。わたしの方が泣いていた。だから、わたしは驚いてしまったのだ。軽いと思っていたわたしの病気が、実は重かった。それがショックだったのか。十キロマラソンに出場し続けていたわたしが、まさか癌になるとは。生きていくことは『まさか』の連続であった。『まさか』から逃げられない。

『最低限の家事と猫たちの世話を、皆で協力してやってね、悪いけど』と言おうとしたが、すでにやっているらしいので言わなかった。

「お前には何もしてもらったことがない」と夫は常日頃言っていたが、実は夫はゴミ出しひとつやったことがなかったのだ。時々の料理だけだった。退職するまで、仕事と飲み会と趣味に忙しかった。困るだろうなあ、と思った。わたしが当たり前のようにやって来た雑用を、皆でやるしかない、とわたしは突き放した。

三男夫婦は、わたしが入院してすぐ、栃木の墓参りに行ってくれたそうだ。わたしの両親が眠る墓である。父の出身地だった。

「おかあさんの命を助けてくれる気がした」

長男は、一週間ぐらい食欲がなく、体重が四キロも落ちた。皆の前で言ったらしい。

「おかあさんの命、助かるかなあ」

それを聞いた夫が怒り出した。

「そんなこと、言うな。病院のスタッフも我々も何とか助けようとしているんだから」

初め、大したことはないと思っていた夫の心の底にも、同じ心配が生まれたのだと思う。家族の心に危機感が生まれ、動揺し、言い争いにもなった。しかし、その後、家族は二回目の『円陣』を組んだ。『癌』という手強い敵に対して、身構えた。直接、わたしの命は助けられなくても、後方支援という形で円陣を組んだ。彼らの雄叫びの声が、六階の病室のわたしの耳に届いた。確かに聞こえた。

呼吸をして、カロリーメイトを飲むだけでは生きられないことは自明の理だった。

癌細胞がもっと転移し、ステージⅣになる。身体は衰弱し、死ぬだろう。若い時考えたのは『観念的な死』であった。たとえ肉親の死でも、わたしにとっては『他者の死』だった。今度は『自分自身のリアルな死』が目の前にぶら下がっていた。まるで何かの案内板のように、よそよそしく。涙が出ないぐらい。その案内板は、近付いてみると、小さな字で『死』と書いてあった。それを外すには、実に面倒な作業が必要だった。天井から鎖で吊ってあったから。絶望したわけではないのに、わたしは何もかも放り出したくなった。身体が衰弱していたせいもあるが、生きていくことが面倒になった。六階の病室の窓を開け、ベランダに降りる。そこから飛び降りれば、簡単に『困難な生』から逃《のが》れることが出来るのだ。手早くやれば、誰も止められない。死ぬことは、生き抜くことに比べれば、実に簡単だった。しかし、そう思ったのは一瞬のことだった。家の方角から『雄叫びの声』が聞こえて来た。猫たちの『ミャオウ』という鳴き声も。わたしは北に向いた窓を開けなかった。踏み留まった。『自殺』が遺族の気持ちを深く傷付けることを、わたしは、伯父の死によって、幼稚園生の時知った。だから、家族のことや猫たちのことを思った。でも、それだけではなかった。

わたしは、日向の匂いのする女だった。病棟の北側の下はコンクリートの日陰である。その上で後頭部から血を流して死ぬのは耐え難い。誰でもいつか死ぬ。だから、死に急ぐこともない、と思った。それなら、何とか生き延びよう。鎖を少しずつ外して、死の案内板を引き降ろすしかないのだ。

病室での夜は長かった。本も持って来ていなかった。消灯時間になっても、眠れるとは限らない。暗闇の中に、過ぎ去った日々の場面が欠けらとなって、次々と浮かび上がった。ジグソーパズルの欠けらのように。

## （四）父方の親戚

記憶は、二歳頃まで遡ることが出来る。わたしは一人で庭にいた。花や葉っぱを触って遊んでいた。上下のつながったピンク色の洋服を着ていた。もう、おむつはしていなかった。『おしっこがしたい』と思った時、土の上におしっこは出ていた。洋服や下着は濡れてしまった。それでも泣かなかった。そのときのことを今でも鮮明に覚えている。それ以前のことは覚えていない。

わたしは、父が四十過ぎのときに生まれた末っ子だった。兄と長姉は、敗戦のどさくさの中で病死した。場所は満州。兄二歳と長姉○歳だった。兄と長姉、それぞれ一枚ずつ写真が残されている。母似だったのか、兄は顔だちのいい赤ん坊だった。母は、終生嘆き続けた。

「子供に先立たれることぐらい、悲しいことはない。小さい子たちとお年寄りが、次々に亡くなっていった」

いかなる大義名分があろうと、わたしは戦争を絶対に許さない。『愚かな大量殺人』が戦争ではないか？『多くの犠牲がなければ、平和は訪れない』、大嘘である。兄も長姉も、戦争のために無駄死にしたのである。だから、可哀想なのだ。わたしは、毎日仏壇で手を合わせている。欠かしたことはない。

父は東京帝大農学部林学科を出て、満州鉄道の研究員になった。松やにから油を採る研究をしていた。母は父より十一歳も若く、東京の女子大を出て、遠縁に当たる父と結婚した。『結婚相手は、東京帝大卒の学者か、お医者様がいい』という母の希望で、祖父が手配したのだそうだ。父は、青年の頃、子供だった母を見たことがあったそうだ。ハルビンでの新婚生活は、それなりに順調だったと思うが、それは、ソ連軍の進攻と日本の敗戦で呆気なく砕け散った。父と母は、二人の子供たちを亡くし、ほうほうの体《てい》で、日本に引き揚げて来たのだ。母は真面目な顔で言った。

「嫁入り道具のひとつだった客用の座布団を天袋に入れて置いたのよ。五枚一組。あれ、どうなったのかしらねえ？」

わたしも気に掛かる。新婚家庭にいた『じいや』と『ばあや』のことも。

「おとうさんは威張らなかったから、逃げる時、現地のひとがマントーをくれたのよ」

威張り散らしていた日本人は、現地のひとに殺されたそうだ。面従腹背だったのだ。

二人の子供たちを亡くし、職場も生活も失って、内地に戻って来た両親は、母の実家に身を寄せた。人生の『まさか』だった。いくつもあった山に入り、きのこを採ったりして暮らしたそうだ。父は三十代半ば、母は二十代半ばの若さだった。それから、千葉の寺に間借りをし、そこで次姉が生まれた。前橋の役所の管理職に、父の職が決まり、転居した。生活も少しずつ落ち着き、わたしが生まれた。

「お姉さんが満州から引き揚げて来た時、男のひとかと思ったぐらい汚れていたの。泥で真っ黒だったのよ。誰かと思ったわ」

当時、少女で、まだ実家にいた叔母たちは、母の変わりように驚いたそうだ。わたしは母の法事などで聞かされた。美しい着物で満州に渡った若い花嫁が、泥まみれで帰って来た。十人姉妹で、母が一番美人だった、と叔母たちは言った。その母が着のみ着のままで逃げ帰って来た。実家の五右衛門風呂に、すぐ入ったのだろうか？　戦中戦後、都会の旧家のひとたちが、高価な絹の着物を農家の米と交換した話はよく聞いた。満州ではそうはいかなかった。置いてくるしか、なかったのだ。母は着物には執着があった。わたしが子供の頃、よく着物を着ていた。和裁も着付けも出来た。母の個人的体験は、個人の範疇を超える。もっと訊いておけば良かった、と思う。

父の次兄も満州にいたのだが、地質学の研究をしていた。やはり、東京帝大を出て、戦後、国立大学で教職に就いた。祖母も同居していたので、時々、わたしは遊びに行った。伯父は、自分の息子たちには厳しかったらしいが、わたしには優しかった。伯父が亡くなった時、教え子の方が弔辞を述べてくださった。

「先生には、満州の地質について、書いて頂きたかったです。それが残念です」

国家権力の恐ろしさを知っていた伯父は、旧満州の地質についての論文は書かなかった。大きなシャベルで垂直に穴を掘ることも多かったから、伯父は筋肉質の身体をしていた。山登りも好きだった。東大の大学院に通っていた時期もある。自費で専門書を購入することも多かったから、慎ましい生活をしていた。

父の長兄は、東京帝大の医学者であった。この伯父だけが旧制一高を出た。ジフテリアの特効薬を開発したが、わたしが幼稚園生の時、自殺した。父が縁側のカーテンをなかなか開けなかった朝があった。父と母が声を潜《ひそ》めて、何やら話していた。それから、父がそそくさと出掛けて行った。父は、娘たちの心を傷付けないために詳細を語らなかった。詳しいことは分からなくても、尋常でないことは感じ取った。ただ一度、わたしが中学生の時、父は言った、兄貴は優秀だったが冷たい男だったなあ、と。病死や事故死も悲しいが『仕方がなかった』と、長い年月の後、何とか諦めることが出来る。しかし、自殺や他殺は、遺族の心を深く傷付ける。いつまでも、心の痛みが癒えない。伯父のことはおぼろ気に覚えている。簡単には甘えられない雰囲気を、わたしは伯父に感じていた。姉の方がよく覚えていた。伯父は我が家に泊まって、大学の医学部で講義をすることがあったらしい。東大さえ出ていれば、エリートの将来が約束されるなどということはない。愚かな幻想である。人生はそんなに単純なものではなかった。複雑だった。人生には『まさか』があって、油断が出来ない。伯父の心は誰にも読めなかった。『天才』であったとは思うが、天才ゆえの悩みがあったと推測するしかなかった。わたしが高校生の時、母方の祖父が東大紛争のニュースを見て言った。

「彼が生きていたら、どう思ったかなあ」

父方の祖父は、東京の旧制中学の教師をしていた。早くに亡くなったので、わたしは知らない。祖母は栃木の実家に戻り、三人の息子たちを育てた。三人兄弟は、全員、東京帝大の理系を卒業した。けして、貧しい生活ではなかっただろうが、贅沢は出来なかったと思う。実家への遠慮もあったろう。祖母は、いつも地味な着物を着て、大声で笑うことも少なかったひとだった。父は、祖母に会いに行く時は蟹の缶詰を買って持って行った。父の評価通り、祖母は『ひととして賢いひと』だったと思う。三人の息子を東京帝大に入れたからではない。自分のやるべきことを弁《わきま》え、けして、そこから逃げ出さなかった、という点で。やり通す胆力があった。そういう女のひとは稀有だ。三人の息子たちは金持ちの娘たちと結婚した。自分が贅沢するためではなく、自分たちの研究のために。祖母も『まさか』に見舞われた気の毒なひとだった。それでも八十五歳まで生き抜いた。わたしが結婚する前、老衰で亡くなった。

祖母は我が家にお客に来た時、わたしのことを心配した。少食で偏食だったからだ。父が小さなわたしの茶椀にご飯をよそい、箸で真ん中に穴を開けて、充分に冷ます。母が電熱器で炒り玉子を作って、ご飯にのせる。祖母がお呪《まじな》いのようにしょう油をふたたれ垂らす。それを、わたしは時間を掛けて食べた。姉は大人と同じ物をよく食べた。祖母がわたしを幼稚園に送って行ってくれたことがある。わたしは、祖母を置いて、ずんずん歩いて行ってしまった。祖母が晴れやかな顔をしていなかったからだ。後で考えてみると、伯父が亡くなって、まだ日が浅かったのである。申し訳なかったと思う。思い出すと、胸が痛む。

## （五）抗癌剤とは？

ひと月入院して、一回目の退院をした。その前に、抗癌剤の点滴を受けた。一回に四十六時間掛かった。四回受ける予定で、その一回目だった。食事が喉を通らないぐらい、強い吐き気に襲われた。作って頂いて申し訳なかったが、食事をそっくり残した。退院し、二回目からの抗癌剤は、外来で受けた。四十六時間掛かるから、腕に針を刺したまま、薬剤の入ったボトルを持ち帰るのだ。夜、寝ている時、針が抜けないか、気になった。吐き気と食欲不振は同様だったが、今度は運動機能が狂ってしまった。ひとりでは立ち上がれない。三度、後ろに倒れ、ドア板に後頭部を打ち付け、コブを作った。二階に自分のベッドがあるのだが、階段を上がれない。長男が抱きかかえてくれたこともある。髪の毛は、七割抜け落ちた。枕にごっそりと抜け落ちているのを、ガムテープで取った。一時、体重が三十三キロにまで落ちた。洗面所の鏡に映った自分の姿を見て、寒気がした。日焼けのためではなく、抗癌剤のために、肌は褐色に変わり、皺だらけになっていた。わずか数ケ月で、わたしは別人になっていた。それ以来、病院では車椅子を借りるようになった。困惑しながらも、自分の変わり様に寒気を覚えながらも、わたしは冷静に自分を観察していた。後に、外来の女の看護師さんに言われた。

「別人のように元気になられましたね。あの時は、大丈夫かな？ と心配しました」

吐き気がして食べられない日々は、カロリーメイトや手作りのバナナジュースやすったとろろいもなどを飲んだ。夜見る夢は、食べ物のことばかりだった。食べたくないのに、不思議だった。塩分が不足していたのであろうか？ イカの塩辛をご飯にかけて、むさぼり食べている夢さえ見た。イカの塩漬けなら食べられるが、ワタが入っていると、生臭くて食べられないのに。大きなエビの皮を剥いて、立ちながら行儀悪くかじり付いている夢も見た。ろくに食べられないのに、それだからこそ、身体は食べ物を烈しく求めていたのだ。飢餓だった。初めての体験だった。何らかの理由で食べることが出来なくなった時、ひとは、うつらうつらしながら、食べ物の夢を見るのだ。眠れない夜は、料理の本を暗記するように読み込んだ。少しでも体調のいい日は、実際に料理を作った。大鍋は、家族が洗った。

「前より、料理がうまくなったね」

わたし自身は食べられないのだが、息子たちは喜んで食べてくれた。どうしても口の中に入らないまんじゅうを手で千切りながら、食べられたらいいのに、とわたしは思っていた。全てが下り坂のわたしでも、まだ成長の余地が残されていた。料理の本を読み込んだ成果だった。わたしの手料理が褒められると、夫だけはおもしろくない。

「キャリアが違うんだよ。俺は、小学校五年からおかずを作ってきたんだ。職場の宴会だって、鍋は、俺が煮てやった。材料によって、煮る順番があるからね。皆、へたくそで見ていられなかった。一度に入れようとするんだ。頭が良くないと、料理は出来ない」

それでも、夫はわたしのじゃがいものグラタンが気に入ったのか、食べたい時は黙ってじゃがいもを茹でておく。生クリームやブロッコリーやミックスチーズを買っておく。わたしにだってキャリアがある。帰りの遅い夫の帰りは待っていられないから、息子たちに食べさせるために、おかずを作ってきた。一日も休みなく。そのことを、夫は忘れている。時には、義理の祖父や義父の食事を頼まれることもあった。義理の祖母や義母が出掛ける時である。わたしは、息子たちと同じ物を出した。その方が喜ばれたのである。

## （五）抗癌剤とは？

抗癌剤の投与は、わたしの栄養状態から、二回程延期された。外来で、栄養剤の点滴も二度受けた。抗癌剤の三回目と四回目は、S先生の指示で、量を八割にした。副作用が強過ぎて食べられないのでは困るからだ。相変わらず髪は抜けたが、他の副作用は、それ程酷くはなかった。食べ物の夢は見なくなった。四回の抗癌剤の投与は遅れながらも終了した。

「よく耐えたね」四男が喜んだ。

ひと月後、開腹手術の予定だった。内視鏡、エコー、MRIなどの検査を再度受けた。抗癌剤が効いて、病巣は小さくなっていた。抗癌剤は強い薬だと思った。

「血栓が以前より大きくなっているので、循環器外来に行ってもらえますか？」

自宅にS先生から電話があった。

「肺に影があるから呼吸器外来も受けてね。頑張ろうね」

O先生からも自宅に電話があった。

麻酔科も再診することになった。病院通いが続いた。それでも、切除手術の日程がなかなか決まらなかった。病院側がわたしの手術に慎重になっていることが分かった。わたしのためのチームが組まれ、夜、度々協議しているのだそうだ。癌研究の対象患者になることに、わたしは同意していた。早く手術を受けて、わたしは決着を付けたかった。正直言って、苛立つ時もあった。料理の本以外の本を読んだ。気を紛らわせるために。

## （六）母方の親戚

母は十人姉妹の次女に生まれた。婿であった祖父は、田舎で村長をしながら、医院を開いていた。祖父は祖母とは遠い親戚であった。祖父は仙台医専を出た、目鼻立ちのはっきりした青年だった。まず、庭に妾宅を構えていた先代の借金の後始末から始めたそうだ。妾宅は他にもあった。これは母から聞いた話である。

「おばあちゃんは可哀想だったよ。痩せていて皺だらけだった」

母から見た祖母とは、妾宅を構えていた先代の妻のことである。やれやれと思った。

母の母親は、四十六歳の時、脳卒中で亡くなった。だから、わたしは祖母に会ったことがない。我が家に残された一枚の写真を見ると、祖母は若く、丸顔で体格が良かった。一回目の発作の後、言ったそうだ。

「末っ子が女学校を卒業するまで生きたい」

祖母の必死の願いは叶わなかった。後継ぎの息子は、赤ん坊の時病死していた。いくら手伝いのひとが何人もいても、夫が医師でも、十一回も出産した祖母は、心身ともに疲れ切っていたのではないだろうか？　女学校の教師をしていた祖母の独身の妹が後妻になった。そして、まだ幼かった叔母たちの面倒を見た。自分の子供は生まなかった。わたしにとって『栃木のおばあちゃん』はこのひとである。さっぱりとしたひとだった。畑でトマトやナスを収穫する時、連れて行ってくれた。来客があると、漆器を納戸から取り出して並べた。

「漆器は扱うのに、手間が掛かるのよ」

わたしは朱色の椀を美しいと思って眺めた。祖母はいつも紺のもんぺを穿いて、手拭いで姉さん被りをしていた。化粧もしない。華かな着物を着ることもなかった。わたしが小学生の時、茶碗にご飯を山盛りによそってくれた。

「学生さんは、たくさん食べないと駄目よ」

鉄分の多い井戸水と山盛りのご飯で、わたしはお腹の調子が悪くなった。祖母は乳癌になって、東京の病院に入院した。退院したので見舞いに行った。祖母は笑いながら言った。

「暇だから、病室で週刊誌ばかり読んでいたのよ。きわどいことが書いてあるのよ」

祖父に頼まれて、わたしは廊下の雑巾がけをした。この頃から、手伝いのひとが通うようになった。祖母も脳卒中を起こし、七十四歳で亡くなった。この方の『さっぱり』とした人柄はどこから来たのだろうか？　独身で長く教師をしていた。子供は生まなかった。そんなところから来ているのだろうか？　乳癌になっても嘆かないのには驚いた。ただ、手を上に上げ辛くなって不便、とは言った。からりとして、やるべきことをやっていた。女のひとの持つ『うじうじしたところ』がなかった。わたしは、大勢のひとたちに囲まれて育った。人見知りで内気だったにもかかわらず、ひとに興味があった。大人たちに可愛がられながら、大人たちを観察していた。その大人たちは一人、二人とこの世から去っていった。

祖父は、跡継ぎに拘《こだわ》った。農家の利発そうな少年を養子にして、学費と生活費を与え、北海道大学の医学部を卒業させた。そして長女と結婚させた。叔母たちは東京の女子大を卒業したが、東京が焦土と化したので、二人、行くことが出来なかった。祖父は、娘たちの結婚相手も決めた。三人、離婚したが、その内の二人は再婚した。十人姉妹は、祖母が教師をしていた女学校を卒業した。それが、一ページ分の新聞記事になった。祖父と叔母たちの写真が載った、その記事を、わたしは小学生の頃読んだ。全国版であった。

祖父は親分肌であった。わたしに言った。

「社会福祉が俺の悲願だ」

村の小学校を建て替える際、祖父は自分の山を平らにして寄付した。その後、町になったとは言え、過疎の地域にしては、広大な校庭である。わたしは二度訪れたが、二度目の時、ある筈の祖父の銅像を見つけることが出来なかった。祖父は、子孫には財産をほとんど遺さなかったが、あちこちに寄付をした。そのため、二度、皇居に招かれた。青年の頃、先代の放蕩の後始末をした祖父は、財産を子孫に遺すことを危惧したのだと思う。婿と十人姉妹の教育費と結婚費用には、惜しみ無く出費したが、そこまでが『親の仕事』だと考えたのであろう。また、村長や医師をしながら、多くの貧しいひとたちと接したのだ。『社会福祉が悲願』と思っても、不思議ではない。

九十一歳まで生き、祖父は山に土葬された。わたしは、赤ん坊だった四男を抱き、葬列に並んだ。夏の木漏れ日が、ちらちらと土の上で輝き、蝉時雨が山全体を覆っていた。読経が波の引き潮のように遠くへ流れて行った。一族に揉め事があったので、次女の母が形ばかりの『喪主』を務めた。その立場を忘れ、母は柩に縋って泣いていた。その母を、父が黙って見ていた。母は自分の父親が大好きだった。

# （七）うまくいった手術

なかなか決まらなかった手術の日が確定した。七月十四日だった。事前にS先生から説明を受けた。S先生は『切除』のことを「チョンギル」とおっしゃった。わたしは笑った。

前日に入院したのだが、入退院センターでの相談で、わたしは書類に書いた。『不安なことも心配なこともありません』。最悪の場合も予想したが『なるようにしかならない』と開き直ったのである。

十四日の朝八時半、清々しい気持ちで手術室に向かった。一番乗りした研修医の先生に、廊下で声を掛けられた。優しい声だった。

「昨夜はよく眠れましたか？」

「そこそこ眠れました」

『心の整理』がついたわたしは眠れたのである。研修医の先生方の手術への参加について、わたしは事前に同意していた。良くして頂いても、恩返しも出来ない状態なので『せめて』と思って、サインしたのだ。手術は失敗しないだろうと思った。O先生やS先生を信頼していた。ただ、わたし自身が手術に耐えられず死ぬこともある。『無駄死に』はしたくはなかった。わたしの病気を『教材』に使ってもらいたかった。医師の多い一族に生まれたことも、そう思わせたのだろう。

執刀医はO先生だった。全身麻酔の後、意識を失ったから、わたしは全く何も覚えていない。後で四男から聞いた話だが、夫と四男は食堂で何時間も待機していた。手術の時も、家族は呼ばれる。何があるか、分からないからだ。待つことの嫌いな夫は、相当苛立っていたらしい。S先生の事前の説明では、手術は四、五時間掛かるということだった。ところが、終了したのは、午後の三時半だった。夫と四男はO先生に呼ばれた。

「汗びっしょりで済みません」

O先生は、床に滴る程、汗をかいていらっしゃったそうだ。手術室は、勿論冷房が効いていたが、ミスの許されない長時間の手術で、O先生は緊張なされていたのであろう。

「手術はうまくいきました」

　わたしは麻酔で眠っていたから、O先生の汗びっしょりの姿を知らない。四男からその話を聞いた時、わたしは涙が出た。汗びっしょりになる程、O先生は奮闘してくださった。職務を超えて。その心意気に、わたしは涙したのだ。S先生も、入院を渋ったわたしを頑として帰宅させなかった。先生たちの『心意気』がなかったら、わたしは死んでいただろう。夫が現役で働いていた頃、わたしに言った言葉がある、『必死になってやる』。

「真面目に働く、は通信簿では3。必死になってやらねば、5にならない」

　夫も『心意気』を持って仕事をしていたに違いない。男のひとたちの『心意気』が、わたしは大好きなのである。心が震える。

　麻酔が醒めていなかったので、集中治療室に運ばれたのも、わたしは覚えていない。夫と四男に声を掛けられ、目を開けた。わたしが生きていることを確かめると、彼らは帰って行った。夜の八時半だったそうだ。外では雷が鳴り、どしゃぶりの雨だったらしい。

その後、用事で不在だったS先生が寄ってくださった。わたしを労った。

「今夜はゆっくり休みなさい」

S先生はわたしの右肩を軽く叩いた。優しい声を明かりの下で聞いた。わたしは頷いた。

その後、わたしは再び眠ってしまった。眠りながら、死なずに生きていたんだ、という安堵感に満たされていた。

## （八）きつかった学生結婚

目の大きな少年とは、東京でも会っていた。両方の両親に無断で旅をしたこともある。それが発覚し「付き合っているのなら、結婚しろ」という圧力が掛かった。そうした圧力を受けた最後の世代だったのかもしれぬ。男女が付き合っているからと言って、結婚するとは限らない。別れることも多々ある。その時『少年と一緒にいたい』という気持ちがなかったら、それ切りになっていたであろう。結婚がしたかった訳ではないから。まだ何年か、少年と少女のままでいても良かったのだ。わたしが退学し、大家族の中に入ることが条件だった。地方都市に住む『長男の嫁』になることを求められた。叔母の一人は「屈辱的」と言った。わたしは考え悩んで、決断した。

自分の生まれ育った生家は、相手にとっては異次元の世界である。受験勉強しかして来なかった若い娘にとっては、精神的に過酷な環境だった。五十年経って、義父はわたしに言った、具体的な事は言わなかったが。

「お前は、高崎で苦労したよな」

九十二歳まで長生きした義理の祖母は難聴だった。補聴器を着けていた。

「あの娘は挨拶しない娘だねえ」

わたしは、小声で挨拶していたのである。義理の祖母には聞こえなかったのだ。わたしの声は少しずつ大きくなった。

ある日、遠い親戚の男のひとがオートバイでやって来た。わたしを見て言った。

「こんなに若いんだもの。二人は半年で別れるよ。呆れたなあ」

化粧もせず、小柄で中学生みたいなわたしに、彼は驚いたのだ。悪気は無かっただろう。彼の予想が外れて、五十年が経った。

隣家の義理の祖父宅では、始終、お茶飲みが行われた。時々、わたしも誘われることがあった。若過ぎたから、皆から干渉された。けして、悪気ではなかったと思うが。

「何だかんだ言い過ぎだよ。二人で出て行く」

一度、夫が爆発したことがあった。『自分のことは自分で決めたい。誰にも決め付けられたくはない』、わたしはそう思ったが、その考えは間違っているのだろうか？何を言われても気にしないことにした。七割は的外れの助言だったたから。三割の助言は耳を傾けた。ひとを見抜き、物事を的確に判断することの出来るひとたちがいらっしゃったから。それは聞き逃さなかった。

『親のお金を当てにするほど、俺は落ちぶれていない』。夫の自負は、若い時からだった。

朝早く起きて、夫は東京の大学に通った。休講の時は、主にデパートの魚売場で働いた。一匹の新巻鮭を切り分けるのを覚えた。自分の学資は自分で稼いだ。生活力はあった。体力もあった。仕事が終わると、魚の臭いをさせて、自転車で帰って来た。わたしは父から貰った郵便貯金を少しずつ下ろして生活した。わたしの学資だった。後で学校に行かせてやる、と夫は言っていたが、後年、わたしは自分の給料から学費を払って、夜間の経理専門学校を卒業した。わたしにも生活力があった。

流産はしたが、息子が二人生まれた。夫は「子供はいらない」と言っていたが、わたしは欲しかった。着物も宝石もいらなかった。息子たちは可愛かったが、子育ては甘くはなかった。多少、手抜きは出来ても、一日も休めない。子供たちと家で遊んでいるのではない。夫に、「家で子供と遊んでいる」と言われたことがある。大家族の中にいても、手伝ってもらえる訳ではない。気紛れに可愛がってもらうだけだった。口出しだけはされた。一日に三回、布おむつを外の流しで洗った。寒い日も暑い日も、正月もクリスマスも。息子たちは四人になったから、通算で八年間。紙おむつはあったが、今のようにいい物がなかった。布おむつの方が、皮膚が、荒れなかった。

家事をする時は、赤ん坊を背負った。ある日、ハイハイしていた次男が階段を上った。まだ歩くことも降りることも出来ないのに。わたしはすぐに気が付いて、階段の下に行った。ちょうどその時、次男はずるずると滑った。わたしが両手で受け止めたので、大事に至らなかった。額を軽く打っただけで、両手を上にして滑って来た。驚いたようだったが、泣きもしなかった。階段から落ちて、聴力を失った子供さんがいた。可愛い盛りは、油断が出来ない。常に神経が張り詰めていた。長男と次男は年が近かったので、次男をおんぶすることが多かった。次男は、歩けるようになってからも、おんぶばかりせがんだ。小さく生まれた長男より、次男は大きかった。「歩こうね」と言っても「おんぶキンコン」と言って立ち止まってしまう。仕方がなくおぶう。本当に重かった。どっちがお兄ちゃん？　とひとからよく訊かれた。顔は次男の方が幼かった。今でも不思議なのだが、何故、おんぶではなく『おんぶキンコン』だったのか？　本人に訊いたことはない。訊いても、本人にも分からなかったと思う。

ある日、スーパーマーケットで買い物をし、お釣りを受け取る時、自分の手が酷く荒れていることに気が付いた。抜け毛が酷い時もあった。若く貧しかった日々。それでも『若さ』とは凄いものである。どんなことでも乗り切ってしまう。その頃の写真を見ると、わたしは飛び切り若く呑気そうな顔をしている。化粧などしなくても、何の苦労もしていない顔で笑っていたりする。もう、あの日には帰れない。

夫は就職活動で躓《つまず》いた。ある金融機関で、門前払いをされた。卒業前に妻子がいるなんて前代未聞、と。隣家が別の金融機関のトップのお宅であった。夫は入社試験を受けていたが、結果はまだ出ていなかった。わたしは次男をおんぶし、長男の手を引きながら、隣家の木の門を潜《くぐ》った。若くて人見知りだったわたしが、何故そのような行動に出たのか？　夫に頼まれた訳ではない。学生結婚をした自分にも、半分、責任があると考えたのだ。息子たちを育てなければならない使命もあった。わたし自身は、トップの方とはお付き合いがなかった。ゴミ出しをする時、お迎えの黄緑色の外車に乗り込むお姿を拝見するだけであった。義理の祖父は、敷地の境界を巡って、隣家に文句を言ったことがある。

緊張しながら、玄関で声を掛けると、トップの方が着流しの着物姿で出て来られた。運良くお会いすることが出来たのだ。その方は広い玄関の上がり框《がまち》に仁王立ちをした。

わたしは名乗った。

「夫の就職のこと、ぜひ宜しくお願い致します。突然で申し訳ございません」

出来るだけ声を大きくして言った。

「彼は優秀だよ。だけど、前例のないことを認めていいかどうか、迷っていたんだ。うん、よし、分かった。採用しよう」

「ありがとうございます」

遣り取りは、本当に何分でもない時間だった。わたしは深く頭を下げた。その時、背中の次男はきょとんとした顔で、威風堂々としたトップの方と目を合わせたのだろうか？　後でそう思ったが、何となく可笑しかった。長男の手を引き、木の門を潜った。簡単にいかないことは覚悟していたから、心の底から『良かった』と思った。間もなく、採用通知が郵送されて来た。当たって砕けろの結果だった。

後年、その方がお亡くなりになった時、ご自宅での告別式が営まれた。神道の葬儀だった。わたしは参列し、玉串を捧げた。

『あの時はありがとうございました』

わたしは深々と頭を下げた。恩返しは出来なくても、恩知らずでいたくはなかった。あの日のことは、一生忘れない。夫はその方のことを高く評価していた。決断が早く、歴代のナンバー1の中では傑出していた、と。野球がお好きで、職場にチームを作られた。

## （九）退院、再び抗癌剤

手術後、中断していた血栓を溶かす薬を、再び飲み始めた。腹部に穴がふたつ開いて、そこから二本の管が出ていた。周囲から出血するようになった。パジャマが赤く染まった。二本の管を引き抜いて、傷口を縫合することになった。O先生が縫いながらおっしゃった。

「痛みに強いねえ」

「痛いのは嫌いですよ」

わたしは笑って答えたが、手術の翌朝から、傷口の痛みに悩まされていた。痛み止めの点滴を受けていたにもかかわらず、麻酔が完全に切れた時、腹部を掴まれるような痛みに襲われた。大きく息を吸い込むことが出来ない。S先生の優しさの意味が分かった。身動きが出来ない。鼻には人工呼吸器、胸には心電図のための電線、脚のふくらはぎにはマッサージをするための器械。腕に刺さった点滴の針。腹部から二本の管が出ている。事前に説明を受けていたが、集中治療室には監視カメラが作動していた。万全な態勢だった。

わたしは中学二年から近視、乱視になった。中年になってからは、右目が緑内障になった。にもかかわらず『物事を見る』習性があった。四回の出産の時も、陣痛には苦しんだ。前にも進めず後ろにも退けない痛み。麻酔なしで腰が砕けるのではないか、と思われた痛みを味わった。ところが、わたしの頭の片隅に冷静な部分があって『折角だから、確《しか》と見たら』と指示するのだ。その結果、主治医の先生から言われた。「あなたは他のひとと違う。四人の子供を生むだけある」と。わたしは強いのではない。酷い目に遭って確と見ないと、物事を会得出来ない愚直なひとだったのだ。集中治療室にいるのも、初めての体験だった。ここから生還した方、ここで力尽きた方がいらっしゃる。そう考えたら、確と見ておかなければ、と思った。痛い、とばかり唸っていたら損である。確かに、悲しく情けない状況だった。抗癌剤で吐き転倒し、手術すれば身動きが出来ない。生きていることがしんどい。当たり前のように動き回れた日々が懐しくもなる。

リハビリ担当の方がいらっしゃって、わたしをゆっくりとベッドから起こしてくださった。何本も管をぶら下げながら、ベッドから降りた。わたしは少し歩いてみたが、突然、吐き気がして、マスクの中に液体を吐いた。手術前夜に飲んだサプリメントの残りだった。緑色の液体だった。リハビリ担当の男のひとは驚いて、新しいマスクと車椅子を持って来てくださった。彼はわたしをベッドにそっと寝かせてくださった。

そして、おっしゃった。

「無理はしないことにしましょう」

一般病棟に移ったわたしを見て、O先生がおっしゃった。笑っていらっしゃった。

「来た時はヘロヘロの状態だったけど、顔色が良くなったねえ。退院、出来るよ」

O先生は、わたしと息子たちに手術の様子を改めて説明してくださった。当のわたしは麻酔で眠っていたのである。何も知らない。

『大腸は、半分切除してくっつけた。リンパ節は二個切除。外側から浸潤していた食道は一部切除。全て取り切った。輸血はしなくて済んだ。傷口は三ケ月もすれば塞がる』

七月二十九日に二回目の退院をした。腹部の表面の傷は、痛みが大分薄らいだ。身体の内部で、突っ張る感じは残っていた。重い物は持たないように言われた。暑い盛りだった。

外来での通院は続いた。三男が送り迎えをしてくれた。四男が付き添って車椅子を押した。廊下をすいすいと押して行く。速い。

「癌は全て取り切ったが、目に見えない癌細胞を叩くために、抗癌剤を再開します」

手術で終わり、と思っていたが、そうではなかった。O先生は重々しく宣言された。

八月の中旬から、再び、抗癌剤の服用が始まったのである。点滴ではなく、錠剤の服用を選んだ。二週間、朝晩飲んで、その後、一週間休薬する。それが一コースで、全部で八コースあるから、半年もかかる。長いなあ、と溜め息が出た。治療に丸々一年以上かかることになった。元はと言えば、わたしが悪いのだ。

朝夕五錠ずつ服用していたが、吐き気が強いので、診察が別の先生の時、三錠に減らして頂いた。癌の再発、転移は怖いが、吐き気が強いと食べられなくなる。体力が落ちる。

「五錠が普通。四コース目から、四錠にする」

O先生は気さくな方でいらっしゃるが、厳しい一面もお持ちだ。物事に対して強気でいらっしゃる。わたしも向きになって、最後まで四錠飲み続けた。思い出すと、可笑しい。

S先生は外来で声を掛けてくださった。

「お元気でしたか？　食べられますか？」

わたしが入院していた時、S先生は、わたしの食器の蓋を取って、どのくらい食べられたか、チェックされていた。とても印象に残った。入院を拒んだわたしにおっしやった。

「カロリーメイト、一日三本では六百キロカロリーですよ。足りないですよ」

厄介な患者だと思われたに違いない。

「もっと元気になったら、楽しいことをやろうと思って、毎日過ごしたらいいよ」

四男は、抗癌剤の服用を始めたわたしに言った。自分ひとりで何もかもやろうと思わなくなった。やれることはやろうとした。

## （十）夫の職場

就職した途端、夫は変わった。少年から青年になった。少女だったわたしは、ひと足早く母になっていた。状況は変わっていく。

「妻子がいるのに、仕事が出来ない」

そう言われるのを嫌い、夫は仕事を覚えるのに必死だった。入社する前から、夫の名は職場で知られていた。小学校五年から、母親に代わって料理を作り、父親や弟にまで食べさせていた夫だった。作業をするのが手早く的確だった。皆が残業までして終わらせる仕事を、五時前までに終わらせた。それは、皆が認めた。だから、夫を手放さなかった上司もいた。便利だったからだ。口は重く、上司にお世辞ひとつ言わない。企業秘密もあるから、夫は仕事の内容は喋らなかった。ただ、正当に評価されない時だけ、わたしに話した。時々だったから、印象に残った。

足を引っ張る上司もいた。『いつか追い抜かれるかもしれない』という心配があったのであろう。

「支店長と面談をしたんだけど、彼は俺のことを低く評価して、その書類を本部に出していたんだ。それが返って来て、俺の目の前で封筒を開けたんだ。支店長は『おや？』という顔をした。本部は高く評価して訂正して戻して来たんだね」

世の中は、不公平で理不尽なものだと思った。わたしは苦笑した。夫は、若かったから許せなかったのであろう。後年、我々夫婦が部下の仲人をした時、彼は来賓として出席していらっしゃった。わたしは、彼と一緒に並んで写真を写してもらった。何かの記念だと思ったからだ。わたしは澄まして写っている。

夫は、入社してすぐ本店の融資担当。支店に回された時は、すぐ支店長代理になった。新しい支店を開設したこともある。支店長を経験し、本店に戻ると、課長。四十過ぎで部長になった。これも前代未聞だったらしい。『能力主義』と言われていたが、まだ『年功序列』が残っていた時代だった。出世を望まず、上司からは「木で鼻をくくるような言い方をする」と言われていたが、結果的にはスピード出世してしまったのである。『妻子のため』は多少あったと思うが、何より『自尊心』が強かったのだと思う。

「こんな若い部長、今まで見たことがない」

あからさまに、部下に言われた。部下は、全員、かなり年上で支店長経験者だった。残念ながら、夫は仕事が出来たのである。初めて、夫が弱音を吐いた。たった一回だけだったが。帰宅した夫がぽつりと言った。

「職場、辞めてもいいかね？」

「辞めたければ辞めてもいいよ」

（十）夫の職場

わたしはあっさりと言った。辞めないで、と言っても、頑固な夫は聞かないであろう。依怙地になって、本当に辞めてしまうであろう。子供は男ばかり四人になっていた。高額な学費の支払いが始まっていた。他の職場に行っても、夫は頭角を現すだろう。だから同じことだった。男のひとの嫉妬は、出世や能力に向かうことが多い。嫉妬の感情は、醜く残酷である。溝川《どぶがわ》の水のようにどす黒い。部下たちがおもしろくない気持ちは分かる。

わたしは家族とは言え、夫の職場の部外者であった。それを承知で、夫に爆弾発言をした。

「上司であるあなたに、ご不満があるなら、全員、辞めて頂いたら？」

わたしなりの計算から言った。自分ながら『可愛くないなあ』と思った。わたしは、三十代の半ばから、フルタイムで働き始めていた。若い時貧乏したから、貧乏することは平気だった。しかし、わたしたち夫婦には四人の息子たちがいる。夫は悩んだと思う。結局、夫は辞めなかった。顔色ひとつ変えないで、仕事をすることを選んだ。『何とでもおっしゃってください』と開き直ったのだ。生き残っていくことは、しんどいことだ。自尊心が強くなければ、辛いことに耐えられない。仕事の内容より、人間関係に悩んで職場を辞めるひとは多い。

## （十一）食べ盛りだった息子たち

幼い子供に食事をさせるのは大変だ。わたし自身も、両親を悩ませた。教科書通り、離乳食を作っても、赤ん坊は気に入らなければ、スプーンを舌で押し出してしまう。

ところが、四人の息子たちは変わった。食べ盛りになったのだ。庭でバーベキューをしたことが数回ある。買って来たブロックを、正方形になるように三段ずつ積む。その真四角の中に、茶道で使う炭と木切れと新聞紙を入れて、火を付ける。網をその上に載せる。その周囲にブロックを並べ、そこに坐る。小さいテーブルには、大山盛りの豚肉。別の大皿には、ピーマン、ナス、輪切りの玉ネギ、薄く切ったじゃがいも、にんじんが並ぶ。わたしは取り皿を配りながら、注意する。

「生肉を掴む箸と焼けた肉を取る箸と食べる箸は別々だからね。三種類よ。間違いなく」

バーベキューに多い食中毒を防ぐためだった。珍しく夫のいる休日である。初夏の晴れたお昼時だ。庭に紫陽花の花が咲いている。夫は肉を焼きながら、缶ビールをうまそうに飲む。肉の焼けるいい匂いがしてきた。息子たちは取り皿を手に持つ。夫が焼けた肉から別の箸で皿に載せてやる。夫がいるから、息子たちは争わないが、焼くのが追い付かない。わたしは握っておいたおにぎりを持って来る。梅干しは嫌われるので、中には、おかかやたらこや鮭などが入っている。海苔で巻いたもの、ふりかけのものもある。肉や野菜が焼ける間、息子たちはおにぎりを食べる。

隣家から、大皿を持った義母が笑いながらやって来た。夫は苦笑するが、黙っている。

「この皿に少し頂戴」

わたしは皿を受け取って、焼けた肉や野菜を盛ってやる。その上に焼き肉のたれをかける。義母は頷いて、隣家に帰って行った。肉や野菜は、義理の祖父母や義父の昼食になるのである。義母が、サトイモの煮付けやほうれん草のお浸しなどしか作らないから、肉料理は喜ばれるのである。義母は肉料理が嫌いだった。家事があまり好きではなかった。残った肉や野菜を焼く。息子たちのTシャツは汗ばんでいる。この時の写真があった。前橋に引っ越してからは、一度もしなかった。

自分で作る手巻き寿司も、何回かした。夫のいる休日に限った。八合炊きと五合炊きの、二台の炊飯器で、米飯を炊く。寿司酢を作り、ご飯に混ぜる時、息子たちの誰かにうちわで煽《あお》がせる。しゃもじで米粒を切るように混ぜる。押し付けては駄目だ。焼海苔を切って皿に載せる。焼海苔の皿は二ケ所。鮪、イカ、玉子焼き、甘エビなどの並んだ大皿を、テーブルの中央に置く。細長く切ったきゅうり、大葉も。息子たちは、左手に海苔を置き、寿司飯とねたを載せる。両手を使ってそれを対角線上に丸める。寿司を小皿のしょう油に付け、次々と口に運ぶ。山葵《わさび》は付けない。器用なものである。その間、無言である。動作にリズムがあった。ビールを飲んでいた夫が、慌てて自分用に巻き始める。ねたが残り少なくなったのだ。わたしもイカときゅうり巻きを作って口に入れる。最後に残ったのは、一膳の寿司飯だけだった。あれが、わが家の最高記録である。『生きよう、伸びようとする無意識の力』には敵わない。カレーなど大鍋で作るようになったが、翌朝で終わる。外食したことは少ない。

『どうせ食べるなら、うまい物を食べたい』

それは夫の嗜好だった。夫は、仕事柄、くたびれていない背広とパリッとしたワイシャツを着ていたが、着る物には関心がなかった。洗濯さえしてあれば良かった。家では、夏の間中、パンツ一枚で過ごすこともあった。息子たちも真似した。その姿は、雷さまの親子のようであった。Ｔシャツ一枚着た方が汗を吸い取るのに洗濯物が減った。言うことを聞かないから、知らん振りした。

わが家は着る物より食べる物の質に重きを置いた。後年、三男は郊外でイタリアンレストラン、四男は自宅の庭で小さなベーカリーショップを開いた。今は、種々の事情で閉店している。再開が出来るのかどうか？

## （十二）「俺は駄目だ」と父は言った

父は七十五歳で亡くなった。死因は敗血症と多臓器不全だった。わたしが三十代の初め、四男がまだ幼稚園にも通っていなかった。七十歳を過ぎた頃から、几帳面だった父が、長座布団に横になることが多くなった。本や新聞を読んだり、テレビを見たり。父は旅に関する本をよく読んでいた。それでも、母と栃木の祖父を見舞ったりしていた。

祖父が亡くなって二年後、父は全く動けなくなった。ある日、右目を失明した。そのことで、わたしは母に呼び出され、四男を連れて駆け付けた。父の様子を見て驚いた。

「目のことじゃないでしょ。危いよ」

父に聞こえない所で、狼狽する母に言った。母は自分の妹たちとハワイに行く予定だった。往診をしてくださっていた先生は、病院に入院することを勧められた。父は汗を掻いていたから、寝間着が濡れていた。着替えさせようとしたが、身体の痛みを訴えるので、うまくいかない。母に代わって、わたしが試みた。浴衣の袖から、父の片腕を抜くことが出来ない。父が顔を顰《しか》めるからだ。しかし、このままでは風邪を引く。幼い子供たちの看護は何度もしたことがあるが、大人の看病は初めてであった。わたしは裁ち鋏を持って来て、浴衣を切った。まだ新しい浴衣だった。そして、別のパジャマに着替えさせた。

「どいて。わたしがやるから」

この台詞《せりふ》を、わたしは母に向けて、初めて投げ付けた。その後、何度も言いたくはないこの台詞を口にすることになった。呼んだ救急車に、母と四男を押し込み、戸締まりをして自分も乗り込んだ。父を担架に載せた救急隊員の方たちの腕は丸太のように太かった。縁側から出入りする際、彼らは咲いていた朝顔の支柱を三、四本引き抜いた。そんなことを覚えている。S病院から大学病院に転院した。主治医の先生がおっしゃった。

「どなたか、ご家族の方が付き添っていてください。昼も夜も交替で」

父は広い個室にいた。付き添いの家族が寝るための簡易ベッドがあった。季節は夏だったから、タオルケットがあれば良かった。嘆いてばかりいる母と、昼夜交替で父を見守った。四男が高崎の家に帰りたがった。生活の『異常さ』を感じたのだ。遠くに住む姉に電話をして、父の容態を話した。予想外の答えが返って来た。疲れていたので苛立った。

「娘たちの夏休みがまだ始まっていない」

全国どこの小学校も、夏休みは始まっていなかった。姉の義父母は、隣家に住んでいてお元気だった。預けられないのだろうか？　たった一人の姉を悪く言う積もりはないが、この時から信頼出来なくなった。父方の義理の伯母が見舞いに来てくれた。手伝ってもらう訳にはいかなかった。病院のレストランでランチをご馳走して礼を述べた。母方の義理の叔父も来てくれた。商売をしていたから、さっと帰って行った。突然『不幸』は襲う。何の準備もしていない。その時、どうするか。嘆かないことだ。嘆いても無駄である。ひとを頼りにしないこと。淡々とやれることをやる。父の寝間着を着替えさせ、家でタオルなどと一緒に洗った。限界だったので、四男は義母に預けた。売店でお菓子を買ってやった。

「通いで病院に行くべきよ」

義母から文句を言われたが、仕方がなかった。大家族でも、気が向いた時だけ、息子たちを可愛がってはくれるが、用があっても、快く預かってくれない。父がいつ死んでもおかしくない状態でもそうだった。義父母は、わたしの両親より若かった。自分たちも老いるのだという事実を想像することが出来なかったのだ。夫は、昼休み、病院に来た。

何日も経って、姉はやっと来た。一旦、わたしは家に帰り、息子たちの様子を見た。わたしは、電車とバスで大学病院に通った。ひとが生まれる時も亡くなる時も、昼夜に関係ない。いつも不安な心持ちでいた。

父は自発呼吸が出来なくなり、人工呼吸器を装着した。脳死の状態になった。ベッドの周囲がぶら下がった管だらけになった。どこまでが『生』であり、どこからが『完全なる死』なのか、分からない状態だった。その現実に打ちのめされながらも、わたしは確と見ていた。目を背けなかった。わたしは『いやらしく可愛気のない女』

だった。だから、父の四十日間の入院にも耐えられたのかもしれない。父はしぶとく心電図に波形を刻み続け、やがて力尽きた。夏の終わりに。

まだ意識があった頃、姉も来ていなかった時、一人でいたわたしに、父は訊いた。

「俺はもう駄目だ。後のことは大丈夫だろうか？」低く嗄《しゃが》れた声だった。

父は自分の死期を悟り、しっかりしていない自分の妻のことを案じていた。末っ子のわたしに頼んでいた。わたしは黙って頷いた。涙は出なかった。「長生きして」とも「死なないで」とも言えなかった。粛然とした空気がひたひたと病室に押し寄せて来た。父は、満州で、自分の子供たちを含む夥しい死を見た。見たくもない現実を目にした。そのせいなのか、死に対して、恐れもせず、取り乱すこともなく、淡々としていたように見受けられる。夕方で、広い病室は薄暗くなっていた。あの日のことは、一生忘れない。父は、自分自身の死で以て、まだ若かったわたしに、確かに『何か』を教えた。あの頃から、わたしは人見知りでもなく、おとなしくもなくなった。『強い』と言われるようにまでなった。『生きようと行動を起こすこと』、そう心に刻むようになった。『日向の世界』を目指すようになった。

## （十二）「俺は駄目だ」と父は言った

父との思い出は無数にある。父は、役所を辞め、林業関係の会社を設立した。出張する時、幼かったわたしを連れて行くことがあった。沼田、月夜野、後閑などという山の町の地名が、記憶にうっすらと残っている。木材の取り引きに行ったのだと思う。父が用事を済ませるまで、わたしは椅子に坐っておとなしく待っていた。木造の建物の中は薄暗かった。男のひとたちが忙しく電話を掛けていた。ダイヤル式の黒電話だった。煙草の煙が漂っていた。紺色の事務服を着た女のひとが、わたしの掌の上に菓子をたくさん載せてくれた。

「ありがとう」

「お利口ね。おとなしいのね」

今、思うと、女のひとは若い娘だったろう。貰った菓子を赤いスカートのふたつのポケットに仕舞った。帰り、父と町の食堂に入った。シューマイの載った定食を少し食べた。

父は、庭にさつきや、柿、桃、杏などの木を植えた。生家は、ブロックの塀に替わる前、バラの木の連なりが塀になっていた。赤や黄色の大きな花が咲くと、新聞紙に包んで、学校に持って行った。甘い香りがした。先生が大きな花瓶に挿してくださった。父は、わたしを自転車に乗せて、藤棚に連れて行ってくれた。姉は幼稚園に行っていたのか？　春の日射しが明るかったのをよく覚えている。それは、大学病院の医学部の庭にあった藤棚であったと思う。父はよく言っていた。

「山に植林するには、百年が必要なんだ。百年計画だよ。乱開発すると後で山崩れが起きて大変なことになるよ」

何十年も経って、その通りになっている。専門的知識のないひとたちの浅薄な『大開発』は罪である。多くの命を奪った。父の会社は後継者がいないので、清算した。わずかに黒字だったそうだ。林業が難しい時代を迎えていた。山の町の人口は増えなくなった。

## （十三）会計事務所

義母は、思ったことをすぐ口にする、珍しいひとだった。言われた方はストレスを感じるものだ。義母は人懐っこいので、すぐに友達が出来たが、反面、仲違いすることも多かった。常にわたしをライバル視していた。若かったわたしにあんなにも結婚することを強いたのに、ある日、わたしのことを『押し掛け女房』と言ったのだ。義母から何を言われても気にしないことに決めていたわたしだが、この時だけは怒りが込み上げて来た。夫は、義母にとって『頼りになるご自慢の息子』だったのだ。小学校五年から料理を作っていた。その息子をわたしに奪われた気がしたのだ。結婚前に『会いたい』という手紙を寄越したのは、夫の方だった。だから、事実誤認である。赤ん坊だった長男を背負い、布おむつの入った袋を持ち、バスに乗って、わたしは実家に帰ってしまった。『結婚は不幸の始まり』。バスに揺られながら、わたしは心の中で毒突いていた。そんな風に実家に帰ったのは、一回だけだった。夫が憂鬱そうな顔で迎えに来た。あの時、あのまま夫の元に帰らなかったら、わたしはシングルマザーになっていた。再婚などしない。次男も三男も四男も、この世に存在しなかった。ひとに対して言葉を使う時は、その時々の気分で使ってはならないと思う。それなりの覚悟を持って使わなくては。『嫁姑のいざこざ』は湿っぽくて嫌いだ。

「何十年、嫁をやっていなければならないの」

と、義母はよく怒っていたが、わたしには『嫁であること』を求めた。『子供を生む家政婦が嫁なのか』とわたしは考えた。学校の勉強をきちんとすることは求められても、わたし自身、両親にそのようには育てられていなかった。女のひとの足を引っ張るのは、男のひとたちとは限らない。『男尊女卑』を成立させたのは両性である。女のひとたちは被害者でもあり、同性に対して加害者でもあったと思う。『女のひとは被害者だ』とばかり主張しては不正確だ。育児と家事をしながら、わたしは本を読んだ。自分で考えたことを検証するためだった。収入を得るためだけでなく、自分の立場を強くするために『働きたい』と渇望した。夫は「外で働くな」と言った。わたしは外の空気も吸いたかった。義理の祖父宅でのお茶飲み会だけでは満足しなかった。わたしは若かったのである。

わたしは『誰とも競争しないこと』を、十代の頃から決めていた。そうやって自分を守ったのかもしれない。進学校である女子校の理系クラスに入っていたのだが、高校で、わたしは物理、化学、数学の図形などが苦手になった。勿論、努力が足りなかったせいもあるが、自分には素質がないと痛感したのだ。父に物理を教わっても理解出来ない。また、小学三年から五年までの三年間、オルガンを習った。怠けずに老先生の元に通ったが、それ程上達しなかった。音楽を聴くことは好きだが『演奏家にはなれない』と子供心に思った。体育も球技が苦手だった。中学生の時、校庭の隅を歩いていて、野球部の部員が打ったボールを顔で受けてしまった。いくら近眼とは言え、素早くボールを避《よ》けられなかったのである。担任のI先生が心配して病院に連れて行ってくださった。脳波まで調べたが、異状はなかった。間抜けな話である。I先生は、中学二、三年と担任をしてくださった。ある時、わたしに書いてくださった。

『あなたは岩をも砕く強さを秘めている』

先生に心の内を晒したことはない。『心の中に自分なりの神を持て』、先生はそんなことをおっしゃった。英語の先生だったが、本をよく読んでいらっしゃった。わたしは地味でおとなしい小柄な中学生だった。

どの分野でも、それなりの成果を挙げるひとは『素質』を持っている。努力を重ね、支援者も得て、時の運にも助けられて、いつか花開く。彼らはひと撮《つま》みの『天才』である。素質がなく努力だけを続けても、花が開くとは限らない。花が咲く前に枯れてしまうことだってある。『天才でなくても、わたしはわたし。生きていてもいいのだ』、そう心に決めたら、僻むこともなく、ひとに嫉妬することもなくなる。不良になることもない。わたしの身内で『天才』だと思えるひとは二人いた。ジフテリアの特効薬を開発して自殺した医学者の伯父。父の兄だ。もうひとり、母方の曾祖父の父。初代村長で教育者、実業家だった。彼は男女共学の塾を開いたり、産馬会社を設立したり、養蚕を盛んにした。『栃木県市町村誌』に記されている。空き家になった築百十年の祖父宅にはこのひとの写真が飾ってあった。ヤギのように長く顎髭を伸ばしたひとだった。その息子は村長をしながら、父親が築いた財産を使い果たした。わたしはそのことを母から聞いた。曾祖父の父親は『実業の天才』だったと思う。顕彰碑があるらしい。見たいと思う。

優秀な方は多数いらっしゃる。天才はなかなか出ない。わたしは凡人である。

三十代の半ばから、わたしはフルタイムで働くようになった。四男は幼稚園の居残り組になった。高崎では、義父に頼まれて会計事務所を手伝った。毎日は行けなかったが、夜間の経理専門学校に通った。簿記の借方、貸方も知らなかった。商業簿記と工業簿記を勉強して、一級を短時間で取得した。A先生が熱心に教えてくださったからだ。

「大勢の生徒を見て来たけど、あなたは『八年に一人のひと』だよ。八年前に男の大学生が短期間で一級を取った。それ以来だ。どうしたら合格出来るのか、皆の前で話してよ」

A先生はわたしに『T賞』をくださった。その賞状は、今も机の引き出しにある。わたしが困った時、手を差し伸べてくださった方や大事なことを教えてくださった方は、全員、男のひとたちだった。恵まれていたと思う。仕事と家事と息子たちのことで、勉強をする時間がなかなか無かった。教科書を読んでいると、疲れで意識を失いそうになる。ひたすら問題集を解いた。数字を書いた。それの暗記をした。その方法を皆の前で話した。参考になったかどうか、分からない。
学校に行く夜の夕飯は刺身の盛り合わせか、豚肉の生姜焼きだった。そこに、みそ汁と生野菜のサラダを添える。夜道を自転車で学校へ通った。ある夜、雪が降った。わたしは歩いて学校へ行った。自転車では危いと判断した。その夜は、他の生徒は休んだのだ。教室に入って来られたA先生は驚いた。一番前の席にわたしが一人で坐っていたからだ。わたしは、疑問点を全て教えて頂くことが出来た。本当にわたしは愚直な女である。それに応《こた》えてくださった先生に恩返しがしたかった。一回で試験に合格しようと思った。仕事で使うため、必死になれた。それと、もう少しゆっくり夕食の支度をしたかった。皆より先に卒業する夜、学校は全員にケーキと紅茶を出してくださった。皆に「いいねえ」などと言われながら一緒に頂いた。ショートケーキだった。

義父が所長をしていたからと言って、会計事務所の仕事が楽だったわけではない。法人、個人を合わせて二十六件の担当だった。在宅勤務のひとたちの仕事の手助けもあった。法人の決算、個人の確定申告、年末調整。一時も気を抜けなかった。営業ノルマはなくても、期限というものがある。遅れれば、延滞税が発生する。世の中の景気も悪くなく、事務所の売上げも、あの頃がピークであった。地方の中小企業とは言え、百人以上の社長さんと仕事上で知り合った。ある社長さんに言われてしまった。

わたしは事務員ではなく嫁だった。測量会社の社長さんだった。

「ここんちの嫁は、いつも机に齧り付くようにして、仕事をしておる。いつもそうだな」

社長さんに挨拶をし、お茶かコーヒーを出すと、すぐ机に向かった。仕事が山積みだったからだ。暇なら、社長さんたちと世間話でもしていればいいのだ。業種は違っても、社長さんたちは、皆、一様にエネルギッシュであった。いい意味で、ひと癖もふた癖もある方たちだった。わたしは事務所の従業員のひとたちとも仲良くなり、引っ越してからも、結婚式に招待されたりした。

## （十四）母の死と一回目の円陣

忙しい日々は、高崎から前橋に引っ越しても続いた。実家を移転して建て替え、母と同居した十年足らず。家を建てるのも楽ではない。まだ建て前の習慣が残っていたから、二十人以上の若者たちがやって来た。工務店の社長さんの指示に従って、彼らに祝儀を包み、酒と予約しておいた折詰の料理を出した。それだけで、わたしのひと月分の給料は飛んだ。

自分で探した損害保険の代理店で、フルタイムで働いた。講習を受け、必要な資格を取った。職場から自転車でスーパーに寄ると、アナウンスが流れた、鞭打つように。

「六時をお知らせします」

元気だった母は、ご飯ぐらいは炊いてくれたが、おかずは、わたしが作った。カレイやタラなどの魚を煮る。野菜やチクワの天ぷらを揚げる。休日は、小豆からあんこを作り、おはぎを丸めた。おはぎは、母の好物だった。長男と次男は、大学生になって、東京と京都に住んでいた。

母は編み物をしたり、近所の友人とお茶飲みをしたり、自分の妹たちと旅行したり。北海道、九州、香港、ヨーロッパなど。旅行会社に転職した従妹が、手続きをし、添乗も務めた。母はわたしに旅の楽しさを語った。

「ギリシャで見たタンポポが綺麗だった。ロンドンの駅でスリらしいひとがいたわよ」

それはそれでいいのだが、一度、わたしは怒り出したことがある。母が頼んだからだ。

「世話になったから、妹に贈り物をして来てね。仕事の帰りに寄れるでしょ」

確かに仕事帰りに、ショッピングセンターのギフトコーナーに寄れる。しかし、そんなことをしていたら、夕飯のおかずを作るのが遅くなるのだ。食べ盛りの息子も学校から帰って来る。旅行に参加出来るぐらいだから、母は歩けたのである。自宅からショッピングセンターまで、歩いて五分だった。昼間の時間、ゆっくりギフト選びをしたらいいのだ。

「そのぐらい、自分で行ってよ」

母はわたしに甘え過ぎていた。何でもかんでもしてもらおうとした。母の悪口を言っているのではない。ひとの悪口を言わない優しい母。娘のわたしは母の裏側と付き合わなければならないのだ。その日、わたしは会社で男の後輩の仕事上のミスの尻拭いをしていたのである。自分の仕事はひとつも出来なかった。夫と相談して、避難所として近くのマンションを借りた。三ＬＤＫの家賃は安くはなかった。『義理』でも『実』でも、成人した子どもと親の同居は難しい。何のために、母と同居したのか、分からなくなった。自分で出来ないことだけを、同居者に助けてもらう。そうでなくては、相手は困ってしまう。仕事をしながら、わたしは自宅とマンションを往復した。夫はマンションで寝泊まりすることが多くなった。その生活は二年続いた。借りていたマンションを引き払ったのは、母の身体が弱くなったからである。叔母たちと旅行をしなくなった。「行きたくない」と言い出した。母は大柄だったが、食欲が落ちて痩せた。風邪を引いても、なかなか治らないので、近所のＫ先生に往診を頼んだ。咳をよくするので、わたしは、肺癌を疑った。Ｋ先生に紹介状を書いて頂いて、Ｇ病院で全身のレントゲンを写した。再び、Ｋ先生に紹介状を書いて頂いて、レントゲンの画像を持って、M病院にタクシーで母を連れて行った。

「肺癌ではありません。若い時罹った結核の痕が残っています。若くて体力があったので、自然と治ったのでしょうね」

レントゲンの画像を、わたしに見せながら、若い先生はおっしゃった。安堵した。

晩年の母は、認知機能もおかしくなった。蟻に熱湯をかけようとして、やかんを持って外に出た。夏だったから、素足にサンダルで。

「足に熱湯がかかったら火傷するのよ」

わたしは熱湯の入ったやかんを取り上げた。母が何のためにそうするのか、分からなかった。

金魚を池で飼っていたが、母は池の水を替えようとして、バケツに水を入れ、金魚も入れた。そして、それを忘れて、金魚を死なせてしまった。真夏のことだから、バケツの中の水は湯になっていたのだ。わたしは紫陽花の木の下に埋めてやった。

ガス台の火が半日以上付け放しのことも、一回や二回ではなかった。仕事から帰って来て、台所の中が異常に温かいので驚いた。注意すると「何で怒るの？」と母は首を傾げた。わたしのことを「おかあさん」と呼ぶこともあった。その呼び方は「息子たちのおかあさん」ではなく「自分のおかあさん」だった気がする。ご飯を炊くことも洗濯物を畳むことも出来なくなった。まだ十年以上も働けたのに、わたしは気に入っていた職場を辞めた。火事が恐ろしかったのだ。建て替える前の実家の隣家は、火事で全焼した。天ぷら油が原因だった。庭があったので延焼は免れた。

腰が痛いと言って床に就いていた母の様子がおかしいので、わたしは救急車を呼んだ。一回目は「栄養状態もいい」ということで帰された。その頃、母はヨーグルトと粥以外、食べられなくなっていた。現状は、先生の見解と違っていた。お願いして、栄養剤の点滴をして頂いた。少しは元気そうになった。しかし、納得は出来なかった。

その二日後、母は血を吐いたので、もう一度、救急車を要請した。違う先生が診察してくださった。一回目に診察してくださったのは外科の先生だと知った。その先生もいらっしゃった。その外科の先生が「具合が悪かったんですね」とおっしゃった。二回目に診察して頂いた先生がおっしゃった。

「重大な病気が隠されていますね。これから検査をして、治療しましょう」

母はそのまま入院した。シャワー室のある広い個室に入った。わたしは売店でパジャマやバスタオルや下着を何枚も買って来た。サインペンで、部屋の番号と名前を書いてやった。パジャマに着替えさせた。

亡くなる前日、病室で、母はわたしと指切りげんまんをした。まるで童女のようだった。

「一度、帰るからね。また来るよ」

わたしが声を掛けると、酸素吸入をしていた母は頷いた。『分かった』と言うように。それが母と交した最後の会話だった。夏は越せないと思ったが、翌朝、母はあっさりと亡くなった。大学病院からの電話で、朝早く起こされた。母の容態が急変したのだ。顔も洗わないで、家族と駆け付けた。母は心臓マッサージを受けていた。痩せてしまった身体の骨が折れそうだと思った。主治医の先生が厳しい声でおっしゃった。有無を言わさない厳しさだった。予想外の急変だったのだ。

「呼ぶべき方を、すぐに呼んでください」

姉に電話すると、信じられない答えが返って来た。姉が急いで駆け付けても、間に合わないと思ったが、まさか、そんなことを言うとは。呆れ果て、怒るのも忘れた。

「娘の婚約者の親が、法事のついでに寄るから、七日後に行くよ」

夫、長男、三男、わたしで看取った。四男はまだ若過ぎたから、わたしは、朝の早い仕事にわざと行かせた。県外の親戚も遠過ぎた。早々と死ぬ積もりもなかった母は、父のように粘ることもなく亡くなった。風に揺れるコスモスの茎が折れるような最期だった。八十三歳だった。気管支拡張症で。大腸癌も増殖し始めていた。わたしと長男は抱き合って泣いた。父が亡くなった時より、涙が溢れ出た。何故だか、未だに分からない。『田舎のお嬢さん』が憐れだったのかもしれない。

母が亡くなったことを、姉に電話で知らせた。『納棺の儀』の最中、姉夫婦はやって来た。わたしは姉に何も言わなかった。ただ、姉が帰る時言った一言が、わたしの胸に突き刺った。今も突き刺ったままだ。一生涯、抜けそうにない。悪口ではない。

「寝たきりのひとを、十年も介護しているひとだって、世の中にはいるのよね」

逆の立ち場だったら、わたしは謝った。

「色々やれなくて、ご免ね。あなたばかりに負担掛けて悪かったね」

その後、義兄の母上は、何年か寝たきりになられた。姉と義妹は、昼と夜、交代の家政婦さんを頼んだそうだ。義妹は小学校の教師を辞めなかった。家政婦協会に支払う代金は高額だったらしい。

姉は、元々「出来ることはやるが、出来ないことはやらない」と言っていた。それが『出来るだけやる』ということだ、と。その結果、母のこと全てが、わたしの両肩に掛かったのである。遠くに住んでいることが、姉にとってはいい口実になった。兄や長姉が生きていたら、とわたしは何度思ったことだろう。父親、夫を自分の楯にして来た母の最後の楯は、末娘のわたしであった。

姉の気持ちも分からなくはない。遅く生まれたわたしを、父は溺愛した。母は「お姉ちゃんだから」と言って頼ろうとした。姉は反発したのだ。それを見て、父も母も姉を頼りにしなくなった。口には出さなかったが。

母が、元気だった頃、姉の家に遊びに行った。姉からわたしに電話が掛かって来た。「疲れちゃうよ。切符を買うことも自分で出来ないのよ。早く帰って欲しいよ」

母はひとりで姉の家に行った訳ではない。実家に来た姉が帰る時、付いて行ったのだ。

母は母で、姉が留守の時、電話をしてきた。

「早く家に帰りたい」

母は、戦前、東京の女子大を卒業したのである。何故、何でも自分でやろうとしないのか、と思った。分からなければ、窓口でしつこく訊けばいいのだ。二度でも三度でも。

「お茶は、俺が淹れるんだから」

生前、父はぼやきながら、毎朝、急須に茶葉を入れていた。夫も母には呆れていた。ふと、この頃思うのだが、もしかして、母は只者《ただもの》ではなかったのかもしれない。戦争があろうと、二人の子供たちを亡くそうと、泥だらけで逃げ帰って来ようと、父や夫を亡くそうと、美少女から老女になろうと、自分を頑として変えなかった。『田舎のお嬢さんという自分』を守り通した。『しっかり者』などにはならなかった。わたしは『人見知りでおとなしい女の子』から『恐ろしいぐらい強い女』に変わってしまった。母の方が実は上手だったのかもしれない。そう思ったら、可笑しくなった。わたしは母に降参した。

母が亡くなり、悲しんでばかりはいられなかった。悲しみは消えなくても。親戚やお寺への通知、通夜、告別式、役所の手続きなどが待ち構えていた。父の死後、わたしは年金事務所や市役所に、四男を連れて何度も行った。上の三人の息子たちを学校や幼稚園に送り出してから、バスに乗った。その時の経験があった。

ところが、この時、思わぬことが起こった。第一回目の『円陣』が組まれたのだ。夫と息子たち四人が円陣を組んだ。長男は三十代の初め、他の息子たちは二十代だった。わたしは、指示も命令もお願いもしなかった。夫の七畳の部屋に、夫と息子たち四人が集まった。あれこれ遣り取りし、それぞれ役割を決め、テキパキと動いた。緊張感に満ち、小気味良かった。勿論、あの時は、夫がリーダーであった。無償で無私で、一致団結したのである。わたしが姉に協力してもらえないのを、彼らは見ていた。わたしを助けるための円陣を組んだのだ。葬儀社との打ち合わせで、彼らは、一番値段の高いものを全て選んだ。料理など、食べきれない程多く注文した。叔母が「豪華ねえ」と感心した。わたしを守ろうとして円陣を組んでくれた。その熱い『心意気』に、わたしは心打たれた。若かった彼らは、軽々と母の棺を担いだ。わたしと息子たちは、母子の関係ではあったが、実はそれだけではなかった。長男とは『マラソン仲間』、次男とは『読書仲間』、三男、四男とは『商売仲間』だった。意図した訳ではないが、自然にそうなった。娘たち四人ではこうはいかなかった、と思う。差別をしてはいけないが、男女に差異は厳然とある。主君のためなら、命を投げ出せるのは、男のひとたちだ。結束し円陣を組んだら、敵も退散する。しかし、男のひとたちの円陣は、時に暴走することもある。その危険も併せ持っている。要注意だ。

かつて、わたしは幼かった息子たちを必死に守ろうとして、二本の腕を大きく丸く拡げた。その返礼だったと思う。親孝行ではなく。

## （十五）義母の異変

義母は、七十歳頃から言動がおかしくなった。義理の関係なので、わたしは親しい友人にも話さなかった。義理の祖母は、その五年前に、九十二歳で亡くなっていた。老人病院に見舞った時、わたしは泣いてしまった、ひとが老い衰えていくことの悲しさで。義理の祖母と義母が揉めた時、別々にわたしの所にやって来て、相手の悪口を言っていた。わたしはどちらの味方もしなかった。聞いているだけだった。時に、ふたりでわたしの悪口を言っているのを知っていたからだ。

義母は出掛ける時に限って、部屋の片付けを始めた。今思うと、車の鍵や財布を探していたのである。だから、約束があった場合など、大幅に遅刻をする。昼夜も逆転した。午前三時になると、前橋の家に用もないのに電話をして来た。こちらは毎朝三時に起きることになった。本人は昼間、寝ている。深夜、テレビの通信販売の番組を見て、電話を掛ける。トイレットペーパーを段ボールで何箱も注文する。箪笥を背負って運ぶベルト。屈強な若者ならともかく、ベルトで箪笥など運べるものではない。第一、どこに運ぶのか？　火事の時、外に運び出すなら、逃げた方がいい。高価なロイヤルゼリーも買った。義母は「特別に、あなただけ」の誘い文句に弱かったのである。悪口でなく、どう見ても誰が見ても、義母は『認知症』であった。認知症は脳の病気である。老化による記憶力の減退とは違う。最後は『介護認定5』にまで至った。

義母はデイサービスを利用するようになった。お迎えの車が来た。楽しそうだった。

「どう仕様も無い年寄りに詩吟を教えに行く」

初めは喜んで通った。義母は自分のことを『先生』だと思っていたのだ。編み物教室やパン教室、料理教室に通ったが、どれも長く続かなかった。ただ、夜通う詩吟教室だけは続いた。一度、詩吟の県大会で優勝したことがあった。着物姿で、義母はわたしにメダルを見せた。わたしは手に取って「凄いね」と褒めた。それから、義母はひとに教えるようになった。我々家族がかつて住んでいた空き家が詩吟教室になった。

義母が亡くなった後、家は解体した。義母の持ち物も処分した。

「詩吟には、あたしみたいな低い声がいいんだよ。キンキンした声は駄目だねえ」

家族全員がメダルのことを知っている、と思っていたが、法事の時話しても、誰も知らなかった。その後の大会のビデオを見たが、義母は舞台の上の椅子に坐って、煎餅をひとり食べていたのである。家の解体の時、あのメダルは捨てられてしまったのだろうか？

「あたしって、何をやっていたんだっけ？」

介護施設で義母はわたしに訊いた。

「詩吟でしょ。先生だったのよ」

「そうそう、そうだった」

義母がまだデイサービスに通っていた頃、何度もわたしに話した。不思議な話だった。

「柱を上って隙間から二階に行くんだよ」

「何が、です？」

認知症の義母の幻視だった。素早く二階に上るのは、ヤモリに似た爬虫類だったのか。義母は真面目な顔をして繰り返し訴えた。

勝ち気で一番好きの義母が認知症になってしまった。『まさか』の出来事だった。

わたしはひとを見捨てられない女だった。時々、様子を見に行き、話し相手になった。

実は忙しかったのだ。商売もあったし、叔母たちが何人か亡くなり、葬儀に出掛けて行ったりした。認知症というものを確と見よう、とも思った。いやらしく可愛気のない気持ちもあった。

別の日、正月だったと思うが、義母は二階の押入れの戸を力一杯叩いて叫んだことがあった。その時、長男と次男がいた。

「誰か、いるね？　隠れていないで出ておいで。分かっているんだよ」

さすがに、この時は唖然として、言葉を失った。悲しんで泣いたらいいのか、怒っていいのか、笑っていいのか、わたしは全く分からなくなった。義母の肩を叩いた。

「女たちが踊りを踊っているんだよ」

義母は『深く怨んでいる』顔付きをしていた。『女たち』とは、男のひとたちが遊んだ相手だったのか？　記憶の底に沈んでいた昔の事実が、義母の頭の中に、突如浮かび上がったのだろうか？　目を覆いたくなった。義母に見えて、わたしには見えない女たち。わたしも憎いと思った。

わたしが言い出して、義母を車に乗せ、前橋の桜を見に行ったことがあった。義母、義父、夫、わたし。義母は桜の方は一度も見なかった。

「綺麗に咲いているね」

何度か言っても、車から降りようとしなかった。呪文を唱えるように、何か言っていた。完全に自分の世界に入っていた。元気な頃だったら、さっさと車から降りるのに。

帰りに、ホテルのレストランで食事をさせても、何かブツブツと呟いていた。異様な感じなのだ。水の入ったコップは倒す。バイキング方式だったので、義母が食べられそうな料理を、わたしは運んで来た。花見帰りのひとたちで混んでいた。義母はフォークでピザなどを食べた。アイスクリームもスプーンで食べられた。ひとびとには何の関心も示さなかった。好奇心は強い方だったのに。まともな会話は出来なかったが、食べさせることが出来て良かったと思った。


ある夜、義母に手を焼いた義父が、義母を我が家に連れて来た。ちょうど、夫が帰って来た。わたしは四男と自宅隣のベーカリーショップを片付けて閉めた。義父は、我々夫婦に義母を預かるよう、求めた。夫は、職場で『精神的激務』に耐えていた。

わたしは、店のことで朝から晩まで立ち通しだった。我々夫婦は、まだ年金を貰う年齢ではなかった。店を開くのに、高額な自前の資金を使ってもいた。その頃、義父は会計事務所をひとに譲っていた。弟夫婦は教員だった。簡単に返事など出来るものではない。仕事を辞めても、義父から生活費は貰えないであろう。かつて、わたしは母を見るため、気に入っていた職場を辞めたのだ。収入も失った。今度は店を閉店すればいいのだろうか？　わたしは返事をしなかった。それまでにも、義父は義母をよく店に連れて来ていた。義母は店の中の椅子に坐ってサンドイッチを食べた。店先まで来たお客さんが帰って行かれた。夫は考えていたが、はっきりと断った。

その夜、義父は自分の妹に義母を預けた。

「様子がおかしいから、すぐ迎えに来て」

翌朝早く、義理の叔母から我が家に電話があった。土曜日だったから、夫が迎えに行った。義理の叔母は、義母の現状を知らなかったのである。驚き、ひと晩で降参したのだ。子供のいなかった義理の叔母は、自分の夫以外、ひとの面倒を見たことがなかった。認知症になった本人は可哀想だと思う。幻視や幻聴に悩まされ、それまでよく笑っていても、笑いが消える。家族も生活が破壊される。恐ろしい。

それから、義母は、病院や介護施設を転々とするようになった。やがて、義母は家族の識別が出来なくなった。『息子』と認めてもらえなくなった夫は、自分の母親に会いに行かなくなった。『亡くなったら会えないのよ』。わたしは両親を亡くしていたから思ったが、言えなかった。わたしは会いに行った。

ある病院に入院していた時、義母は訴えた。三男と四男と一緒に見舞った寒い日だった。

「ここを出たい。でも起き上がれない」

脳の病気なのか、まだ中年の方なのに、放心したまま口をきかない同室の方がいらっしゃった。目だけを開けて、車椅子に坐っていらっしゃった。その女のひとを見て、義母は何かを感じたらしかった。

「治ったら家に帰りましょうね」

そう慰めるしかなかった。義母は頷いた。この世の不幸に接して、わたしの心も冬の曇り空のように翳った。

「また、ひと花咲かせなくちゃ」などと言っていた義母が、ある日、ぽつりと呟いた。亡くなる前年の大晦日の出来事であった。

「もう終わりなんだよ。みんな終わりさ」

介護施設の室内には童謡が流れていた。

「かきねのかきねのまがりかど、たきびだ、たきびだ」

周囲には個室が並び、真ん中はリビングルームだった。口のきけない方やお喋りをする方などが、丸い木のテーブルを囲んでいた。突然、義母はボールを放るように、言葉を投げ出した。本当は気が弱いのに、自信過剰な義母が、記憶を歪ませながら、自分の死期を悟っていたのだ。わたしは返事が出来なかった。黙るしか、なかった。長男と次男と会いに行ったのだが、次男はトイレに行ってしまった。泣いていたのかもしれない。

新しい年になって、三男と四男と訪れた時、義母は個室で眠り込んでいた。顔が土気色であった。死んでいるのではないか、と思ったぐらい、生気がなかった。鼾をかいていたから生きていると思った。起こしても可哀想だと思ったので、そのまま帰ることにした。玄関で、介護士さんが暗い顔をしておっしゃった。中年の女の介護士さんだった。

「もっと会いに来てやってください」

店の『臨時休業』が多いと、お客さんに叱られながら、わたしはなるべく会いに来ていた。ひと言も弁明しなかった。義母は、もう長くはないのだと思った。

二月の初め、義母を見舞うため、病院に行った。介護施設から病院に移っていた。その途中、赤信号無視のタクシーに追突された。タクシーはよそ見運転をしていたから、猛スピードが出ていた。運転していた長男は、赤信号で止まっていただけである。わたしは助手席に坐っていた。車は全損。後部座席に坐っていたら、どうなっていたのであろう？　頭が猛烈に痛かった。身体は、首、肩、背中、腕などの筋肉が強張ってしまった。長男も同じ症状だった。女性ドライバーは電話ばかり掛け続けていた。最後に「すみません」と小声で言っただけだ。愛着のある車を失って、長男は泣きそうになった。こんな理不尽なことがあるものか、とわたしは憤った。警察の方も車の販売店の方も「酷い」と驚いた。

代車を借りて、義母の入院していた病院に行った。そこでレントゲンを撮ってもらった。二人とも、骨には異状がなかった。その日の義母は、少し話が出来た。笑顔さえ見られた。頭や身体が痛かったが、事故のことは黙っていた。ちょうど、義父も来た。それまで、わたしは義母からけなされるだけで褒められたことがなかったが、その時わたしは着ていた赤い洋服を褒められた。

「いいの、着ている。あんた、働いているの」

わたしのことを、義母は、先に亡くなった自分の妹だと思い込んでいた。それはそれでいいと思った。それが、義母と交わした最後の会話になった。次に会った時は、意識がなかった。九日後、その病院で義母は亡くなった。わたしは泣いた。可哀想だった。

義父は「何でも持って行っていい」と言ったが、義母の形見は何ひとつ貰わなかった。義母は体格が良かったので、着物も洋服もサイズが合わなかった。それに、義理の関係だったので、何となく貰い辛かった。義母が写っている写真があれば良かった。

雪がちらつく二月の寒い日々、長男とわたしは整体院でマッサージを受けながら、通夜、告別式を乗り切った。車は、その後買った。

## （十六）夫が家にいる

皆に「ナンバー1になる」と言われていた夫は、ナンバー2で役員を退任した。ナンバー1の方がその地位に頑強にしがみ付かれたからである。夫だけでなく、次のナンバー2の方も追い落とされた。わたしは悪口を言っているのではない。事実を淡々と述べているだけである。わたしは笑いながら夫に言った。

「最後は、能力でなくて、権力闘争だね」

夫は肯定も否定もしなかった。

「企業でも国家でも、同じひとがトップにい続けると、必ず、組織は腐る」

「腐るどころか、狂うよ」

わたしは戦争のことを思った。夫は出世を目指したのではないだろう。必死で仕事をやり、正当に人事評価をしてもらいたかったのだ。上司に反対意見を言えるひとだった。頑固で、自尊心が強かった。

「嫌なこと、面倒なこと、大変なことは、全て、俺のところに回って来る」と溢《こぼ》しつつ、職場の百周年記念パーティーで、夫は乾杯の音頭を取った。ホテルのレストランでの料理は、夫がメニューを決めたらしい。在職中、夫は、日本銀行や金融庁や警察庁などを相手に、『精神的な激務』をこなしていた。毎晩、鬼のような形相で帰って来た。若い時には顔に『甘さ』があったのに、人相が悪くなった。コンクリートの堤防にわたしと一緒に坐っていた『あの少年』とは似ても似つかない強面の男のひとになっていた。気難しかった。

毎朝、わたしは夫の革靴を磨いた。欠かさなかった。『嫌でも行くのよ』。そうやって、無言の圧力を夫に掛け続けた。家族を守るためだった。わたし自身は何とか生きていけたが、息子たちがまだ成人していなかった。

夫の革靴を磨くのも最後になった朝、わたしは夫に言った、今までありがとうね、と。そして、お節介とも思ったが、言い添えた。

「あなたをちやほやしていたひとたちは、それぞれ目的があったのよ。これから、手の平を返すように、態度が変わると思う。残念ながらね。世の中はそんなもの」

夫のショックを軽減するためだった。

「そんなこと、分かっているさ」

夫は苦笑した。夫自身も分かってはいたが、予想以上だったのであろう。いやらしい『手の平組』に心傷付き、失望したようだ。

今まで、夫が昼食に出掛けようとすると、部下に「行ってらっしゃいませ」と言われたそうだ。夫は苦笑しながら答えた。

「俺に気を使わないで、仕事に気を使ってよ」

夫は広い個室にいた。冬は寒いので、夫は電気ストーブを持ち込んだ。わたしは一度も行ったことがない。専任の秘書の方がいて、お茶を淹れてくださっていた。自宅の夫の部屋は七畳で、わたしはお茶を淹れない。夫はビールを飲むからだ。夫を見ていて『ナンバー2』でいるのは気の毒だと思った。どの業種でも、地を這うようにして仕事をしなければならないポジションだと思う。『縁の下の力持ち』と言うと聞こえはいいが、現場を取り仕切る最後の砦だと思う。その割に、報いられない。だから『悲哀』を背中に背負っているのだ。父の先祖は、栃木の小さな城の家老だった。心の中でいつも泣きながら『殿、殿。一大事でござる』などと叫びながら、長い廊下を走り回っていたのだろうか？　義父は夫の退任を聞いて呆れ返った。

「次の代に、ちょっといい思いをさせなくてはならないんだよ。ひとには苦労ばかりさせて、自分だけ、いい思いをしていては駄目だ」

世の中は不公平で理不尽なものである。誰だって、苦労はしたくはない。楽をして、いい思いがしたいのである。夫もわたしも愚直な点では似ていた。コロナ禍のせいもあるが、夫は退職した職場のひとたちとは付き合いたくはない、と言い出した。ＯＢ会の通知も無視した。もう、いい、と思ったのか？

「会長になれ、と言われるに決まっている。便利がられるだけだ。親父のこともあるし」

夫にそう言われても、わたしの胸の中は複雑である。若かった頃、夫は休日に職場の同世代のひとたちと自転車で軽井沢まで遊びに行っていた。バンガローを借り、一泊して、自転車で帰って来るのである。それは何年か続いた。毎晩のように職場の飲み会があった。仕事をする上で必要な飲み会もあったとは思う。気晴らしも必要だ。時代も、そういう時代であった。しかし、その何分の一かの時間を、息子たちのために使って欲しかった。今さら言っても遅いから、黙っている。言えば、不機嫌になるから言わない。

高校時代から、茶道、華道を習っていた夫は、大学生の時、師範の免許を取得し、春や秋の日曜日は、お茶会や生け花の展覧会に出掛けて行った。中年になってからは、毎週土曜日の朝、新幹線で東京まで行き、油絵を習っていた。その後は食事会だった。それは、ナンバー3になった頃まで続いた。卓球大会や野球大会などに、土、日出席しなければならないので東京には行けなくなった。マラソン大会は来賓として招かれた。夫のひとつひとつの行動は咎めるべきではないが。

退職をした夫は、毎日スーパーに通う。コロナ禍でも、まるで職場に出社するように行くのだ。それも開店早々だ。部下の提出した書類をチェックするように、折込みチラシに目を光らせる。広告の品がまだ出ていなければ、店員に尋ねる。「広告の品から先に出さなくては」と言うらしい。店長さながらに。

「店のガラス戸に老人が映っていたんだ。よく見ると、俺だった。誰かと思ったら、俺なのさ。俺もすっかりジジイになっちまった」

夫は自らを嘲るように言った。着物、袴姿でお茶会に行っていた夫は、若く凛々しかった。職場で指示命令を出していた頃は、精悍な顔付きをしていた。今は、確かに『ジジイ』になってしまった。よく磨かれて光っていた黒い石は、燃え尽き、砕かれて軽石のようにスカスカになってしまった。『仕事と趣味と飲み会』を全力で必死に同時進行させた結果だった。それを可能にしたのは、若さと体力と人並み外れた頑固さだったろう。

五十年という歳月がただ流れただけではなく、全てのものを変貌させていった。『時』はどこに流れ去っていくのか？　川面の小さな光の波は、どこに行くのか？

十八歳の目の大きな少年はジジイになった。わたしの場合は、加齢に『癌』が加わった。『どいて、わたしがやるから』。その台詞も過去のものになった。よく歩いていた母方の祖父のことを思い出し、中年から、忙しい中、時々十キロ走っていたが、それも過去のことになってしまったのか？　復帰は出来るのか？

半年以上五十年も続いた夫との年月、紆余曲折はあった。一度、夫に離婚届を突き付けたことがある。その場で破られたが。夫と言えども『お前はこうだ』と決め付けられたくはなかった。子供はいらない。仕事はするな。

「お前は何をしても駄目だ」

四十代の半ば、夫から言われたのだ。自分のことを百点満点だとは思っていなかった。わたしは自分のことも冷めた目で見る。ただ、何でも必死にやって来たから、六十点はいくだろうと思ったのだ。〇点ではない。これまでのわたしの全人生を否定された、と憤った。仕事をして、自分一人なら生活が出来た。わたしにもわたしなりの誇りはあった。

「何故、そんなこと、言うのよ」

職場で正当に評価されない時、あれ程反発していた夫が、わたしを正当に評価しなかった。ひとの心は単純ではなく、複雑である。あの時、わたしは腹が立ったが、今なら笑ってしまう。その後、夫は正直に言ったのだ。

「俺の後ろに従わせようとするのに、お前はいつの間にか、俺の前を走っているんだ」

夫は溝川《どぶがわ》のどす黒い水のような嫉妬心を剥き出しにした。嫉妬心は嫌いである。退職し、背広という裃を脱ぎ捨て、肩書の付いた名刺を持たなくなった夫は、しばらくの間、混乱していた。足元が揺らいだのだと思う。その反動で、やたらと『指示、命令』するようになった。わたしが『指示』すると怒り出す。わざと言ってやった。

「わたしも指示するのは大好きだけど、されるのは大嫌いよ。お互い様なんだから」

わたしの『癌』が発覚してからは『指示』は止んだ。軌道を修正するのは難しい。

## （十七）上司だった義父

## （十七）上司だった義父

五十年経て、高崎での大家族は、九十三歳になる義父、ひとりになった。お茶飲みをしていた親戚のひとたちも、一人二人と亡くなっていった。考えてみると、貴重な場だったのだ。若かったわたしは、おむつを洗うのに忙しかった。時々参加したのだが、正直言って、退屈することや閉口することもあった。『この間のこと』が三十年前のことだったりしたから。戦争中、食料が不足した。大きなリュックを背負って、信州にりんごを買いに行った。子供のいなかった妻が、夫の死後、義理の両親と縁を切った。義理の祖父の、遊び人だった父親が売ってしまった田畑を義理の祖父が買い戻した話も、お茶飲み会で知った。本人がわたしに話したことは一度もない。土地の登記などを気にしなかったから、本家の所有になった。土地の上を新幹線が通ることになった。義父は「子供の頃、欲しかった少年雑誌を買ってもらえなかった」と言った。こんな生活をした。こんなことがあった。その生々しい体験、菓子を食べながら、緑茶を啜りながら、半日ぐらい語られるのである、親戚同士で。笑いながら、時に少し揉めながら。急須の茶葉は何度も新しい物に替えられた。思い出すと、懐かしい。貴重な女のひとたちの語らいの場だったと思う。義理の祖父は、お茶を飲んでしまうと、席を外した。庭で松の盆栽の手入れを始めた。枝ぶりを良くするため、針金を巻くのである。義理の祖父は目が大きく、口数が少なかった。並外れて、頑固だった。損得考えず、働くひとだった。煙草は吸ったが、酒は飲まなかった。父親の放蕩に苦労したひとだった。

女のひと同士は、葬式などがあると、お互い手助けはしたが『円陣』を組むことはなかった。主君のためには命まで投げ出す、ということはなかった。集い、語らう、それだけだった。

義父は、六十九歳の時、大動脈瘤の大手術を受けた。車での軽い衝突事故を起こし、病院の検査で運良く発見された。「税理士は頭が大事。頭が駄目になったら、終わり」と言って、脳ドックにはよく行っていた。胸のレントゲンには行かなかった。九十歳を超えて、体力は落ちたとは言え、定期検査では特に問題はない。多少、腰は曲がってしまった。

「俺は、どこかが悪くて死ぬというより、衰えて死ぬような気がする。長く使った機械が自然と止まるように。それは数年先のことかなあ？　長生きしてもいいことはないぞ。みっともないだけだ。俺の葬式は家族葬でいい」

義母が亡くなってから、同じヘルパーさんが掃除に来てくれていた。義父は綺麗好きである。古くて広い家に住んでいる。ところが、その方が目の手術をするため、来られなくなった。その方とは元々知り合いで、義父の飲み仲間でもあった。それから、知らないヘルパーさんが次々と訪れた。コロナも流行したので、義父は断ってしまった。ヘルパーさんは、本人のためではなく、家族を助けるために仕事をしてくださる。

「まずいし、量も少ない」と言って、配食サービスは以前断っている。義父は、自分でも魚を煮たり野菜を炒めたりすることが出来た。料理の本を読むのが好きだった。ノートにレシピを書き写していた。わたしにそれを見せた。絵まで描いてあった。

「最近は、前のように動けなくなった」

家族は時々食料を届ける。安否を確認する。

義父は、九十過ぎまで車を運転していた。大学病院を東に少し行った所で、高齢者が二人の女子高生を撥ね、一人が亡くなった。その朝、サイレンがけたたましく鳴った。加害者がでたらめな運転をしていたのを、テレビのニュースで知った。夫とわたしは、義父に運転免許を返納するよう、説得に行った。義父は新聞をよく読む。事故のことは知っていた。我々は、他人事に思えない。

「だって、加害者は認知機能がおかしかったんだろ？　自分は違う」

説得は失敗だった。亡くなった義母は、晩年よく物損事故を起こした。人身事故を起こさなくて良かった。義理の弟が義母の車の鍵を取り上げた。その後はタクシーを利用するようになった。高齢者の事故は、被害者だけではなく、加害者の家族まで地獄に突き落とす。用がある時は、家族が送って行ったり、タクシーを利用すればいいのだ。宅配だってある。『生涯現役』という言葉は軽々しく使わない方がいい。現状に目を瞑ってしまうから。近頃、義父は家の中では歩けるが、外では長く歩けなくなったそうだ。自然と、車の運転から遠のいた。わたしは安堵した。

義父は、癌で入院したわたしを心配したらしい。そう、夫が言っていた。かつて、義父は「自分のことを頼む」とわたしに言った。以前は「ヘルパーに頼むからいいよ」と言っていた。気持ちはくるくる変わるのである。こちらの体調も変わる。手術が終わり退院してから、義父に会いに行った。

「何とか帰って来られました」

「おう、良かった。面会にも行けなくて悪かったな。コーヒーを飲むと癌にならないよ」

コロナ禍で、面会は禁止だった。余分なことは言わなかった。気持ちを受け止めればいいのである。義父とは、職場で上司と部下の関係であった。従業員の側に立ちながら、従業員に義父が軽く見られないよう、わたしなりに気を使った。一度、揉めたことがあった。

「決算の近いA社の書類を貰って来てください。処理する時間が少なくなりますから」

わたしに家族がいないのなら、八時でも九時でも残業する。三男と四男にまだ手が掛かった。

「俺に命令する気か？」

義父はA社の社長さんが苦手だった。だから、A社になかなか行きたがらなかった。

気持ちは分かる。しかし、こちらも困るのだ。義父は税理士会の専務理事にもなっていたから、そちらでも忙しかった。わたしは丁寧に強く命令したのである。仕事は性に合っていた。面倒な案件、学校法人や宗教法人などの事務処理がわたしに回って来た。当時、独身だった娘さんたちより、わたしの仕事量は多かった。だからと言って、高給取りだった訳ではない。三年経たないと、法人税の申告書は書けないと言われていたが、わたしは手書きで書いていた。入所して、まだ一年半で。わたしは甘やかされないと、突き進む女だった。わたしの書いた申告書に、義父は目を通したことは一度もない。盲判《めくらばん》を押していた。わたしは、確認するよう、求めたが。間違いがあれば、税務署から問い合わせがあるが、一度もなかった。ただ、税務調査で一回ミスをした。それが、今でも悔しい。わたしはひとと競争はしないが、自分自身と競争していたのである。自分の力を冷静に見つめ、やろう、やれると思ったことには手を抜かなかった。いい加減にやるのなら、初めから手を出さない。宗教法人の税務調査が急に決まった。一年分を入力した。書類を三日で作成した。確認する時間がなかった。入力ミスが一ケ所あったのである。税務署員から問い合わせがあった。義父も現場で立ち会っていた。わたしは気が付いて、説明した。相手は了解した。前の晩、家に書類を持ち帰ってチェックすれば良かった、と後悔した。ひとつのミスも見逃さなかった税務署員の方はさすが、と感服した。

家を建てるため事務所を辞めた時、わたしは引き継ぎを念入りにした。後輩の娘さんが一週間休んだそうだ、あまりに仕事が多いので。優しいのんびりしたひとだった。義父は次男に言った、わたしのことを。

「何でも最短距離で突っ走ることが出来るんだ。何をしても、だ。辞められるのは惜しい」

## （十八）息子たちとは仲間

わたしが入院し、長男が初めて見舞いに来た。長男はわたしに「頑張りな」と言った。後で四男が言っていたが、長男はわたしの姿を見て驚いたらしい。ひどくやつれていたからだ。栄養剤の点滴もしていた。『後、二、三ケ月の命かな？』と思ったらしい。それを四男に話したそうだ。長男は一週間、食欲がなく体重が落ちた。長男は当時一緒に住んでいたが、通勤時間を短縮するため、わたしが退院してから、市外にアパートを借りた。休日には必ずわが家に来る。猫に土産を買って来る。わたしにペットボトルの飲み物を買って来たりする。長男は口数は少ないのだが、神経が細かいのである。わたしの様子を見に来た、とは言わない。猫たちに会いに来た、と言う。照れるのだろう。

長男は保育器には入らなかったが、低体重児だった。ミルクを百ccも飲めなかった。生後ひと月の頃、保健師さんが尋ねてくださった。長男はわたしと同様、少食で偏食だった。幼稚園では、担任の先生から「先頭さん」と呼ばれていた程、小柄だった。友達と遊ぶのが好きだった。友達の家に行くより、連れて来るのを好んだ。だから、わが家は友達でいつも賑やかだった。

長男は、小学一年の時、夫が父親参観日に来なかったことを作文に書いた。担任の女の先生が『おとうさんは用があったのね』と書いてくださった。夫はお茶会に行っていたのである。長男は野球が大好きだったから、たまには一緒にキャッチボールでもしてやれば喜んだと思う。次男は運動が嫌いだったので、長男の相手にはなれなかった。長男は友達と野球やドッヂボールをして遊んだ。神社の庭がわが家に近かった。「子供の時、楽しかった」と今でも言う。長男は速く走れるようになった。

長男と十キロマラソンに出場したのは十三回ぐらいだろうか？　母方の祖父はよく歩き、九十一歳まで生きられた。精神的ストレスを解消するために、わたしは歩いてみた。ゆっくり歩きから小走りへ。全速力で一キロを走る。三キロ、五キロ、七キロ。繰り返しているうちに、十キロ、十五キロと走れるようになった。中年になってから出来るようになったことが嬉しかった。マラソンも、わたしの性に合っていた。女子高生の時、体育の授業で一キロを全速力で走った。六月の蒸し熱い午後。弁当を食べたばかり。吐きそうになるぐらい気分が悪くなった。完走はしたが、それが長く心に残った。中年になってからその嫌な経験は克服出来た。ひととタイムを競う気はなかった。完走だけが目的だった。長男がマラソン大会で言った言葉が心に残った。『脚がたとえ千切れても、今、ここで踏ん張るという気持ち。後のことなど考えない』。

それが『心意気』というものであろう。

長男は、大学の付属高から東京の大学に進んだ。県外の高校の目の前で下宿していた。そのお宅で、朝晩の食事と洗濯の世話をして頂いた。他に二人同級生がいた。中元、歳暮を持って、わたしは時々様子を見に行った。そこの『おばあちゃん』にはよくして頂いたが、長男が大学生の時、おばあちゃんは心臓病で亡くなってしまった。ご家族からわたしに連絡があった。長男は大学を卒業して、専門学校で学び、義父の会計事務所を手伝った。税理士試験の簿記と財務諸表論に合格した。法人税法の勉強をしている時、税務署を定年退職した税理士の方が入所された。長男は悩んだと思うが、事務所を辞めて、別の業界に就職した。自分で探し面接に行ったのである。長男も自尊心が高かった。仕事の合間に勉強して、その業界に必要な資格を取得した。義父が事務所を退き、看板が替わった時、顧客の数は三分の一になったそうだ。

「税理士の仕事は、これから厳しくなるであろう。それだけでは生活出来ないかもしれない」

夫が常日頃言っていた。損害保険の代理店を兼ねている事務所も多い。

次男に夫のことを嘆いたことがあった。

「頑固なんだから、ひとの意見を聞かない」

次男はさらりと言ってのけた。

「おかあさんだって、相当、頑固だよ」

「そっかあ。似た者同士なんだ」

「僕だって、気難しくて頑固なところがあるんだ。だけど、それが出せないんだよ、兄弟の間でも職場の中でも。揉めた時、間に入って『まあまあ』と宥める役なんだ。仲裁に入るんだ。長年そうだった。誰もが強く自己主張をしていたら、この世の中はどうなるの？」

「確かに、どうにもならないねえ」

次男は、小学校の時、苛められっ子だった。運動が苦手で、よく泣く子だった。学期が終わると、道具箱の色鉛筆は、二、三本しか残っていなかった。わたしは、名前の書いたシールを一本一本貼り付けてやっていた。一、二本無くすのなら分かる。異常だった。十二色入りの一箱を、毎度買ってやった。給食着は、一ケ月に一回持ち帰って洗えばいいのだが、九ケ月も続けて、毎週持って来た。次男を責めても仕方がないので、若い女の担任の先生に手紙を書いた。先生は何も気付いていらっしゃらなかった。わたしは臨月を迎え、近々、入院しなければならなかった。義理の祖父が倒れ、寝たきりになった。実家の両親は、祖父の面倒を見るため、半年間不在だった。最悪の状態にいた時だ。小学一年生の苛めが大人を困らせる。怒りより切なさを感じた。何も知らない若い女の先生。先生は間もなく結婚された。わたしは自分の子供だけが可愛い訳ではない。子供にだって『裏側』があると言いたいのだ。確と見なくては。

高学年になって、次男は顔に痣を作って帰って来ることが、何回もあった。苛めっ子が誰であるか、わたしには分かっていた。母親の前では『良い子』を演じている目の細い男の子だった。一番痣が酷く、顔が青黒くなっていた日、わたしは堪り兼ねて、苛めっ子の母親に電話を掛けて、冷静に説明した。

「男の子なんて、喧嘩をするもんですよ。わたしの兄なんかもそうだった」

ここでも耳を疑った。彼女は一言も謝らなかった。彼女は、子供育成会の会長をしていた。偉そうにしていた。わたしなら、菓子折ひとつ持って、すぐに謝りに行った。自分の子供を叱った。場合によっては、診療代も必要だった。わたしは、今でも彼女とその息子を許していない。一方的に殴って謝らないこと。断じて『子供の喧嘩』ではなかった。卑劣な苛めだった。傷害罪である。『子供の喧嘩』とは、仲良く遊んでいて、何かのことで揉め、お互い叩いてしまった、ということだろう。叩き方も加減している。親が出て行かない方がいい。次の日には「ご免ね」と言い合い、恥ずかしそうに笑って遊んでいるのだから。大学生になった次男が言った。

「僕を殴っていたあいつね、通行人を殴って、警察に掴まったそうだよ。同級生から聞いた」

自分のストレスを、見ず知らずのひとにぶつける行為は許されない。『通り魔の事件』はわたしにとって他人事ではない。子供を守ることは大事なことだ。次男は、苛められても不登校にならなかった。自殺もしなかった。殴り返すこともしなかった。ある意味で強い子だった。殴られても、自尊心が傷付かなかった。その時の男の担任の先生は知らなかったと思う。先生の見ていない所で苛めるからだ。痣のある顔にも気付かなかった。

次男は、中学校では苛められなくなった。学級委員をしたり、郷土部の部長をしたりした。郷土史家の先生方と文通をしていた。史跡を訪ねることが好きだった。十二歳当時の興味が、今も消えることなく続いている。わたしと同様、ひとと競争をしない。次男は高校で成績が良くなった。理科以外、勉強すること自体が大好きだった。担任の先生は「どこの大学を受けても合格する」とおっしゃった。その頃は、今より子供の数が多かったから、倍率は高かった。定員割れなどということはなかった。受験した全ての大学に合格し、次男は京都の大学を選んだ。日本の歴史に興味があった。猫たちも飼っていなかったので、物を届けながら、四男も連れて、我々夫婦は京都まで車で行った。母も、その頃は元気だった。二条城、大徳寺、京都御所、清水寺などに行った。大学時代、福井の遺跡に発掘調査に行ったことが一番楽しかった、と次男は言った。大学の成績も良かった。卒業後、大学院に進みたかったようだが、次男は断念した。

「これ以上、親に経済的負担を掛けたくはない。それと、もうひとつ理由があるんだよ」

大学院に進んだ、同じ大学の先輩があまりに貧乏な生活をしているのに驚いたそうだ。教職に就かない限り、研究者の生活は厳しい。

次男はよく本を買う。三部屋ある家族向けの古いアパートに住んでいるのだが、ひと部屋は、書物で完全に埋まっているそうだ。次に引っ越しをすることを考えると、恐ろしい。休日になると、次男は、事前に下調べをした山城や寺や神社など、現場に行くのである。帰りには外食する。美術館や映画祭などにも行く。山口県で開催された映画祭にまで足を運んだのには驚いた。東京の美術館にも時々行った。帰省した時、夫やわたしと行くこともあった。最近は、コロナ禍で行けないとぼやいている。そんな生活だから、貯金などない。わたしは注意する。

「いいことにも悪いことにも、お金がいるよ」

次男は、ひとから見たら『変人』に見えるであろう。おいしいものをたくさん食べるから、体重は百キロある。当然、健康診断で指導を受けている。次男は、大手の塾で教師をしているのだが、生意気盛りの女子中学生にからかわれることがある。言ってやるそうだ。

「僕は、お笑い芸人ではありません。皆に勉強を教えている教師です」

それでも、高校受験の合格発表の時は、生徒たちに泣かれるそうだ。

「受かっても落ちても、毎年泣かれる」

次男には、何故か、父親然としたところがある。独身で子供もいないのに、若い時から『父性』を感じさせるのだ。生徒たちを「まあまあ、よしよし」と宥めるからだろう。思春期の心は、それに敏感に反応するのであろう。


三男は、生後ひと月の頃、中耳炎になった。母乳をやっても、おむつを替えても泣き止まない。熱もなかったし、吐くこともなかった。肌着にゴミでも付いていないか、目を凝らして見た。無かった。布団の上に降ろすと、ぐずぐず泣くので、壁に寄り掛かって、一晩中抱いていた。翌朝、耳垂れが出た。耳の中が痛くて泣いていたのだ。どこが痛いのか、言えなかった。すぐ耳鼻科に連れて行った。良くなってけろっとした三男は、よく眠った。

小学三年の時、三男はチャーハンを作った。長ネギ、玉子、ベーコンで。フライパンの周りにご飯が飛び散っていたが、中身はおいしかったのである。わたしが仕事でいない夏休みの昼など、三男が他の息子たちに料理を作って、食べさせるようになった。三男は手が器用で、味だけでなく見た目の美しさにも拘《こだわ》る。商売人ではなく『職人』だった。

三男夫婦は、二十代の半ば過ぎでイタリアンレストランを開いた。まだ結婚したばかりだった。夫は、初めは反対した。

「若くして店を持つなんて贅沢なんだ」

夫が反対してもめげない。わたしはますますやる気が出た。大学や専門学校の学費の支払いが終了していた。わたしは預金通帳を○にした。そして、経理を見た。自転車で宣伝のチラシを撒いた。古い店舗で九年、新築の店舗で四年半、続けた。オープン時やお得のある時は、席がないぐらい混んだ。近くで、新しい店が開店した時などは、空席が出来た。主に女のひと相手の店だったから難しい面があった。その店をこよなく愛する、というより『今度出来た店に行ってみよう』という流れだったからだ。

反対していた夫も休日に手伝いをするようになった。時々ではあったが。クリスマスなどに。

三男は体調を崩し、治療の仕様がなく経過観察中になった。已む無く店を閉めた。三男の妻は別の職場で働き始めた。彼女は、大手レストラングループで女性初のマネージャーだった。三男より年上で働き者である。

「彼女を絶対に手放してはいけないよ」

結婚の時、わたしは三男に念を押した。わたしは夫婦の健康を気にしている。三男は二人分の家事をしている。そんな中で、コロナが大流行した。飲食店にとって大打撃である。再開が出来たらいいと願っている。

四男は、生まれた時、危かった。臍の緒が首に巻き付いて生まれた。産声を上げなかった。「今、泣かせますね」と主治医の先生がおっしゃった。その状態で命を落とした子はいる。わたしは緊張して待った。すぐ泣き声が上がった。生と死は紙一重だった。末っ子のせいか、いつまでもわたしと一緒に寝たがった。当然、夫の評価は低かった。夫は、自分の母親とは距離があった。どちらかと言うと、父親の方に気持ちが向いていた。

思春期の頃、四男は、何回か夫と取っ組み合いをした。他の息子たちは一度もしたことがない。岩のように立ちはだかる父親に反発することはあっても、尊敬をしていた。ところが、四男だけは、自分を低く評価する父親に刃向かっていった。甘えん坊ではあったが、四男は勝ち気だった。正当に評価されることを何より欲した。わたしは静観すればいいのだが、どこかにぶつかって打ち所でも悪いと危いので、わたしは夫と四男の間に入った。身体を張ったのである。「危いから止めなさい」。どちらかに弾き飛ばされて、わたしは転倒した。

二回目の『円陣』のリーダーは、夫ではなく、四男だった。「これ以上、何をすればいいんだ？　散々やって来たんだ」。以前に、夫が吠えたのを、四男は聞いていた。『それなら、自分が指揮を取る』。家庭でも、夫はナンバー1ではなくなった。権力闘争に負けた。

猫たちの世話、病院の付き添い、工場での仕事、ランニング。四男はそれらを休みなく続け、目の下に隈《くま》が出来たことがあった。欲目ではなく、わたしは四男の能力に驚いた。夫も三人の息子たちも感嘆した。

ベーカリーショップを一緒にしていた時も、わたしは四男を確と見ていた。粉を計量し、生地を捏ね、成型する。オーブンで焼く。人気のあったレーズンパンには、ラム酒に漬けたレーズンがたっぷり入っていた。四男も三男と同様『商売人』ではなく『職人』だった。ただ、我が家の他の男たちと違って、口数は多かった。友人が多かった。専門学校の時の友人がよく店を訪れた。わたしは友人たちをレストランで食事をさせた。コロナ禍と彼らの環境の変化で店に来られなくなった。彼らは育児中なのである。子供を連れて来た友人もいるが、雪国で赤ん坊を育てている女の友人もいる。

「寝たきりになると、家族だけでは無理だね」

診察が終わって、大学病院の玄関で待っていた。三男が車で迎えに来る予定だった。その時、四男がわたしに言ったのだ。ストレッチャーに載った男のひとを四人掛かりでワゴン車に運ぼうとしていた。家族らしい年配の女のひとと中年の女のひと。ベージュ色のエプロンを着けている男のひとはヘルパーさんらしい。車を運転して来た男のひと。車の後ろのドアを開け、ストレッチャーを何とか入れようとしている。てこずった末、やっと入った。後ろのドアを閉め、車は発進した。一部始終、四男とわたしはそれを見ていた。わたしが癌になる前だったら、四男は熱心には見なかったと思う。他人事のように流していたに違いない。四男は、わたしと夫が寝たきりになった日を想像したのだろう。わたしは、九十三歳になる義父のことを想った。「家族だけでは無理」、わたしは心の中で呟いた。その秋の日、銀杏が黄金色に輝いていた。

## （十九）この世のあれこれ

個人情報が漏れて悪用されるのは、困る。しかし、そればかりを気にして、自分の中身を隠し過ぎれば、ひととつながれない。相手も中身を見せてくれない。コロナ禍でひとと肩も組めない。これは歪んだ社会になる。

わたしは『生身のひと』たちを通して、様々なことを学んで来た。ひととつながって来た。情報技術は確かに便利だ。病院の電子カルテなど、瞬時に情報を共有出来る。会計事務所で働いていたわたしは、コンピューターを使って『貸借対照表や損益計算書』を作成していた。まだ会計事務所の半分ぐらいしか、コンピューターを導入していなかった時代のことだ。法人税の申告書を、わたしは手書きで書いた。何故、そこの項目にその数字が入るのか、頭に叩き込むためだった。別表など、そもそも巧妙に出来ている。機械の便利さを使いながら、それ一辺倒にならなかった。若い男の子しか、携帯電話を使っていない時代、わたしは持っていた。知人に「見せて」と言われた。大きくて重い機種だった。携帯電話が急速に広まり、スマホに変わった時、わたしの興味は、失われた。未だにスマホでないのだ。家族が通話ぐらい出来ないと困ると言っている。スマホでゲームばかりしていると、『生身のひと』を確と見る機会を失う。一日に少しやるのならいいが。何時間もやっているのは大いに問題だ。『スマホ離婚』をしたひとを知っている。仕事が休みの日、一日中、スマホでゲームをしていた。妻は幼い娘を連れて出て行った。本当の話だ。本人が自分で言ったから。『女、酒、暴力、バクチ』が原因ではなかった。『スマホでゲーム』だった。

子供たちに画面ばかり見せて、知識を与えることにも不賛成だ。便利な物は使ってもいいが、紙の上の文字を読ませなくては。文字を読んで、何が書いてあるか、想像させなくては。文字が読めただけでは駄目だ。何でも一辺倒になってはいけないのだ。インターネット上の誹謗中傷は止めなくては。根性の悪さ丸出しだから。まともな批判は大事だ。そのためには対象を確と見なくては。批判のない社会は暴走し、地獄に向かう。歴史が証明しているではないか。

そろそろ、女のひとの乳房を商品化するのを止めてもらいたいと思う。形とか、大きさとか、余計なお世話である。女のひとの乳房は観賞用にあるのではない。ひとも哺乳類であるから、乳房は赤ん坊に乳をやるためにある。わたしも次男、三男、四男は母乳だけで育てた。性能が意外と良かったのである。観賞したいのなら、プライベートでしたらいい。

何も言わない、書かない方が、安泰でいられる。しかし、敢えて書かせて頂く。癌になり、手術をし、今の所再発はしていないが、いつどうなるか、自分でも分からない。言わない、書かないでは、無念である。だから、どうぞ、お許しを。読んで頂きたい、ぜひ。

二十年ぐらい前、用事があって、ある都会の駅の構内を夫と歩いていた。混んでいた。

「気を付けろ。ぶつかっただろう？」

年配の女のひとを、やくざ風の男のひとが睨み付け怒鳴っていた。わたしは偶然見たのである。ぶつかって来たのは、ヤクザの方なのだ。転んで起き上がった女のひとは黙っていた。打ち身で痛かったに違いない。わたしは、ヤクザに一言言ってやろうとして、二歩前に出た。その時、夫がわたしの腕を乱暴に引っ張った。「止せ」と強く小声で制した。あの時、わたしが「ぶつかって来たのは、あなたの方でしょ。わたしは見ていた」と言ったら、どうなっていただろうか？　わたしは殴り倒されただろうか？　夫はわたしを助けただろうか？　言いたいことを言わなければ、安泰である。しかし、無念であった。それを二十年も引き摺っている。『言論の自由』も簡単ではない。命懸けである。

たった十年の間、わたしは小説を書いてきた。同人誌に書いた文章が四冊の本になった。某出版社から、五冊目の本を出すことを勧められた時、商売や義母のことなどがあり、返事を保留した。そのうち、わたしは癌になってしまった。コロナも流行した。立ち消えになった。もっとも、わたしの書いたものが、小説なのかどうか、分からない。同人誌の会に参加されていた先生方に『女学生の作文』と酷評されたことがあった。その時、わたしは四人の息子たちのいる四十女であったが。『自己陶酔』と言われたこともある。自分では、いやらしいぐらい、ひとや物事を観察していると思っていたが。わたしには表現する力が足りなかったのだろうか？　わたしは叩かれると、突き進む女だった。めげなかった。先生方は呆れ果て『川森ワールド』と名付けてくださった。その他のことでは良くされた。イタリアンレストランにも来てくださった。

書かれたものをどう読もうと、読むひとの勝手である。同じものでも読むひとによって、評価が違う。だから、おもしろいのだ。書き過ぎて、読むひとの想像を狭めてはいけない。逆に、書き渋って、想像することが出来ないのも良くない。その加減が難しい。

弁明のように聞こえるかもしれないが、初めて、書いた者として『背景』を述べておきたい。述べなくても悟らせるのが『筆力』かもしれないが。『哀しくもなかった夏』の主人公は『栃木のおばあちゃん』がモデルであった。時代も設定もひとも変えてあるが。亡くなった姉の子供を育てるために、女学校の教師を辞めて継母になった事実。『栃木のおばあちゃん』が他人の別人だったら、叔母たちはどうだったであろう。それを決断した祖父は細かい配慮をしたに違いない。『栃木のおばあちゃん』は、自分の子供は生まなかった。性格は『さっぱり、からり』としていた。十人姉妹の半分ぐらいは育て上げた。八人、東京の女子大に進ませ、嫁入り道具の手配もした。何と壮大なことか。四人の息子たち、など数が少な過ぎる。『哀しくもなかった夏』の『ヨウジ』にわたしは言わせた。

「親に捨てられた俺が、グレもしないで引き籠りにもならずに大人になったのは、あんたが、いつもちょうどいい距離にいてくれたおかげだよ。遠過ぎず近過ぎず、ビミョーな所で見ていてくれたから。この頃、それがよく分かった」。ヨウジの父親は別の女と暮らし、母親はそれを苦にして病死した。母親の妹がヨウジを育てたのだ。ビミョーな所で見ながら。

『赤い落日』や『白い光芒』『薊の咲く家』の男女は、年が離れている。わたしの両親が下地になっていると思う。『水煙』では、自殺した伯父が背景に出て来る。男のひとの強さと脆さ。女のひとのしたたかさと現実感。生む生まないは別にして『子を生む性』はしたたかなのだ。主君のために命は投げ出さない。美女でないわたしは、実は美女が好きだった。自分が美女であることを迷惑に思っている美女が好きなのである。その美女に着物を着せて、古寺の境内を歩かせる。寺の柱は風雨に晒され、仏像の金箔は剥がれ落ちている。何という絵だろう。『水煙』のラストシーンで、わたしはこの絵を使ってしまった。本にならなかった数々の創作。全てのものは、わたしにとって、どうでもよくなかった。心の中の『切実なもの』だった。何十年も引き摺ってきたものを、稚拙な文章で綴った。背景には一族の『心の静かなる叫び』もあった。

もうひとつ、わたしは『男女のピュアな愛』を書いておきたかった。一生に一度、あるかないかの。無償で無私の、可哀想なぐらいのギリギリの愛。これは、わたしの十五歳の時の失恋から来ているのであろう。危うい設定と日本の風景の美しさを舞台に使った。苦しさと切なさしかない純な愛が、主人公たちを破滅に導いていきそうだ。熱い共感と冷めた目で以て書いてきた。


わたしは出来そうにないこと、やりたくないことを、愚直にやって来た。中学生の時、飛んで来たボールをまともに顔で受けたこと。わたしの人生はまさにそのようなものだった。『敵前逃亡』を良しとしない愚かさで突き進んで来た。だから『癌』にもなろう。全て、責任はわたし自身にある。『ひとを見捨てる』ことも出来なかった。これもしんどいことだった。

五十年も続けて来た結婚生活で分かったことがある。『結婚』とは砂上の楼閣であるということだ。男女の仲は移ろい易い。少年少女が老人にもなる。時代の風向きも変わる。個々の事情も変わる。その不安定な土台の上に建てられた楼閣。それが結婚だったと思う。支えがなければ、崩壊する。束縛や虚しさ、寛ぎや喜怒哀楽。わたしは、楼閣を揺り籠にして、息子四人を育てて来た。楼閣を確と見つめながら、裏から必死で支えて来た。夫は、外に目を向けながら、半分逃げ出しながら、片手は離さなかった。裏から支えるわたしを失うことを恐れた。「お前には何もして貰っていない」とうそぶきながら。まあ、それもいいだろう。

突然、襲いかかる『まさかの不幸』、その時こそ家族は『円陣』を組む。法螺貝《ほらがい》を吹き鳴らす。作戦を練る。もたついていられない。忍者のように『行動』を起こすのだ、素早く。

## （二十）あの世に花が咲く

わたしがあの世に行ったら、母と義母と一緒に桜の木の下で花見をしようと思う。

レジャーシートの上に座布団を敷いて、その前に料理を並べるのだ。母の唯一の得意料理『きのこの炊き込みご飯』を作らせよう。義母には得意の赤飯を蒸かしてもらう。わたしが若かった頃作った、義母の赤飯。その後、作られなかった。あの味を、わたしは忘れていない。わたしは、あんこたっぷりのおはぎを丸める。小豆からあんこを作る。おかずは何がいいだろうか？　ミートボール、ハム入りのポテトサラダ。れんこんやにんじんや鶏肉の煮物。干ししいたけも入っている。ツナとほうれん草の玉子焼き。少し牛乳を入れると、ふっくらする。だいこんとにんじんのなます。重箱に詰め、取り皿を用意する。あの世にも台所があった。義理の祖母も誘う。彼女がこの世からあの世に渡る時、わたしは座敷に布団を敷いた。北枕にして。義理の祖母は黒焦げにするから、魚は焼かなくてもいい。ぶりの照り焼きは、わたしが焼く。一歩手前で火を止めることを、夫から教えられた。余熱を利用すれば完璧だ。そうだ。義理の祖母の得意料理は、厚揚げの煮付けだった。味が染みていてうまいと、夫は言っていた。味付けをする前にしっかりと油抜きをしているのだと思う。その後で味付けをする。

「おばあちゃん、厚揚げを煮てください」

目の大きな少年が『会いたい』という手紙をわたしにくれたばかりに出来た不思議な縁。皆、酒を飲まないから、お茶でも淹れよう。

白く明るい桜の花を眺めながら、笑おう。難聴も動脈硬化も気管支拡張症も認知症も癌も、あの世にはない。皆、若く元気だ。料理を食べながら、頑固一徹でプライドの高い一族の男たちの悪口を言おう。母は笑いながら聞いている。わたしは悪口を言いながらも、一点、気を許さない。実の身内、義理の関係、他人と他人。その微妙さに翻弄された人生だったから。でも、それも、どうでもいいことだ。些細なことだ。天才になれなくても『心のみっちいひと』になってはいけないであろう。あの世は揉めごとのない世界なのだ。


藤の花が咲く頃、桜の花が散って、新緑が伸びる頃、わたしは、父方の祖母と『栃木のおばあちゃん』と三人だけで会食をしたい。母は呼ばない。父方の祖母は、蟹が好きだった。ちらし寿司を作って、金糸玉子の上にほぐした蟹を散らす。栃木のおばちゃんには、なすのみそ汁を作ってもらいたい。どのみそを使っていたのか、懐しい味のするみそ汁だった。偏食で少食だったわたしは、実は味覚に敏感だった。栃木の祖母に漆の皿を用意してもらいたい。大皿と小さい取り皿、汁椀。あの世にも、朱色の美しい食器はある。料理は、ちらし寿司となすのみそ汁だけでいい。わたしは彼女たちに訊いてみたかった。

「何故、東京の女子大を出て教師になったのか？　その時点で結婚しようと思わなかったのか？　亡くなった姉の娘たちを育てた時、どんな気持ちだったのか？」

栃木の祖母は何と答えるだろう？　祖母と孫という関係を越えて、同性として訊いてみたかった。彼女の父親は、何人も妾がいた放蕩者だった。それを見て『経済的自立』を目指したのか。祖母はいつも冷静沈着だったが、心の中には『吹き荒《すさ》ぶ嵐』を抱えていたのだろうか？　嘆かず、文句を言わず、にんまりと笑っていた祖母。化粧もせず、紺のもんぺを穿いて、畑で野菜を収穫していた。

「独身の頃、苦しいだけの切ない恋をしたことがありましたか？」

緑茶を淹れながら、さり気なく訊く。祖母は答えず笑うだろう。他の質問には答えても。

藤の花房がそよ風に揺れている。赤紫色の牡丹の花弁が、風に散り始める、一枚二枚と。

「男の子の育て方は難しいですよね？」

わたしは父方の祖母に尋ねる。

「難しいね。正解はないだろうねえ」

彼女は、そう答えるのではないだろうか？　このひとには威厳があった。早くに夫を亡くし、息子三人を育て上げた。いつも縦縞の茶色の着物を着ていた。化粧はしていなかった。

わたしは学校や職場でも、女のひとたちを見て来た。親戚も多かった。身内贔屓ではなく、この二人の祖母は『女のひととして一級品』だったのではないだろうか？と思う。化粧や着物で装う必要もなかったぐらい、確固とした自信が自分自身にあった、とわたしは思っている。わたしは平伏するだけだ。とても敵わない。

牡丹の花びらが風に飛ばされていく。風が強まった。花冠が崩れていく。藤の花房も風に揺れ、二人の祖母たちの頭に載った。まるでかんざしのようになった。あらあら、と口々に言って、皆で笑った。

あの世に行くのは怖くない。別れたひとびとに会える。色取り取りの花が咲く。四季があるのだ。でも、あの世に行くのは、もう少し待って欲しい。夫と息子たちが、まだ、わたしにこの世にいて欲しいみたいだから。わたしが突然入院したら、猫たちがうろうろと探してくれたそうだ。一階も二階も。だから、今は行けない。もう少し、待っていて。

「良かったあ。再発していなかった。肺癌や肝臓癌になり易いんだよ。抗癌剤、ご苦労様でしたね」O先生は上機嫌でおっしゃった。

手術後半年経ち、CT検査を受けた。問題はなかった。また、半年後、検査がある。わたしは『癌研究対象者』になっていた。学会や研究会で発表してもいいか、と尋ねられた、本名を伏せて。わたしは同意のサインをした。母の姉と妹の一人は、急性白血病で、七十二歳と六十四歳で亡くなった。医院や商売で忙しく立ち働いていたひとたちだった。三人に一人から、二人に一人、癌になると言われている。正常な細胞が変異して癌細胞になる。研究が進めば予防が出来るようになるであろう。わたしは期待している。

（了）

著者プロフィール

**川森 知子**（かわもり ともこ）
会計事務所、損害保険代理店勤務を経て、現在、小説を執筆中。
『赤い落日』で第三十回上毛文学賞、群馬県知事賞受賞。『哀しくもなかった夏』で第六回猿同人賞受賞。

【著書】
『赤い落日』（1998年 近代文芸社）
『哀しくもなかった夏』（1998年 ほおずき書籍）
『哀しくもなかった夏2005』（2005年 ほおずき書籍）
『声を失って』（2005年 ほおずき書籍）

**家族は円陣を組んだ**

2023年１月15日　初版第１刷発行

著　者　川森 知子
発行者　瓜谷 綱延
発行所　株式会社文芸社
〒160-0022　東京都新宿区新宿１－10－１
電話　03-5369-3060（代表）
03-5369-2299（販売）

印刷所　株式会社平河工業社


ISBN978-4-286-27003-6